KB097366

기적일지도 몰라

기적일지도 몰라

배우 최희서의
진화하는 마음

안온

나의 첫 관객에게

누군가 나에게 "최희서 씨는 어떤 사람인가요?"라고 묻는다면, 나는 첫 번째로 이렇게 대답할 것 같다.

연기하기를 좋아하는 사람이요.

나는 무대 위나 카메라 앞에서 연기하는 것을 좋아한다. 텍스트로 묘사된 어떤 인물을 내 몸과 목소리로 만들어내는 것, 아직 그 이상의 희열을 느껴본 일은 없다. 그리고 이 희열은 상대 배우와 함께 호흡을 맞출 때 배가된다. 내 인물이 상대 배우가 연기하는 다른 인물과 만나 이 세상에 존재하지 않던 '관계'가 생길 때, 그 관계의 줄다리기로 새로운 '서사'가 만들어질 때. 그것은 하나의 '이야기'가 되고 그 이야기는 연극이나 영화가 된다. 나는 그 안을 종횡무진하며 연기할 때 가장 행복하다.

그리고…… 글 쓰는 일을 좋아해요.

아마도 나는 첫 번째 답변에 덧붙여 이렇게 말할 것 같다. 나는 갑자기 쓰고 싶은 말이 생각날 때, 혹은 주체할 수 없을 정도로 무언가에 감명받았거나, 소리 지르고 싶을 만큼 화가 치밀어 오를 때에도 글을 쓴다. 그러나 글쓰기에는 상대 배우가 없다. 글을 쓰는 나는 타인이 아닌 내 안으로 더 깊이 파고들어야만 한다. 그래서일까. 나의 글은 호기롭게 시작되어 갈 길을 잃는 경우가 대다수다. 어느 방향으로 노를 저어야 할지 모른 채 자의식의 망망대해 위 어디쯤을 표류하다 난파하는 활자들, 끝을 보지 못한 글들은 해를 거듭할수록 쌓여만 간다.

그러나 이제는 호기로운 시작에만 머물러서는 안 된다. 내 글에도 관객이, 독자가 있을 수 있다! 나의 글들이 한 권의 책이 되어 누군가의 손바닥 위에 있는 상상을 해본다. 그 누군가가 카페에 앉아, 혹은 이불 속에 엎드려, 내 부끄러운 페이지들을 버스럭거리며 읽고 있을 생각을 하니 아찔해온다. 그런데 이 아찔함은 무대에 오르기 전의 기분 좋은 긴장감과 닮아 있지 않는가. 마치 막이 오르기 전, 내가 연기하는 인물이 처음으로 관객을 만날 때의 긴장감과 설렘처럼. 그렇다. 내가 쓴 글들이 한 권의 책이 되어 독자를 만난다는 것은, 어느 극 중 인물도 아닌 사람 최희서가 관객과 마주하는 일일지 모르겠다. 내가 연기하는 인물이 아닌, 있는 그대로의 내 모습으로.

반갑습니다.

첫 책을 출간하며, 어린 시절 써왔던 일기장의 충실한 독자이자 그 누구보다 열렬한 관객이었던 부모님께 감사한다. 부모님은 나를 정말 자유롭게 키워주셨다. 그리고 25년 전, 오사카 한인 학교에서 국어를 가르쳐주시던 조영숙 선생님. 영화 〈박열〉이 일본에서 개봉하자, 20년 만에 제자를 보러 영화관에 찾아오신 선생님께서는 내 손을 잡고 이렇게 첫 마디를 외치셨다. "난 네가 작가가 될 줄 알았는데! 배우라니!" 작가는 아니지만 글은 계속 쓰겠습니다. 선생님 덕분입니다. 그리고 인생의 반 이상을 함께한 내 짝꿍 소영아, 너의 그림으로 나의 부족한 글들이 채워졌단다. 우리 앞으로 무릎 관절이 허락하는 한, 골목길 달리기 경주를 계속하자. 너는 계속 그림을 그리고 나는 계속 글을 쓰자.

그리고 사랑하는 S에게. 혹시 우리가 크게 다투거나 서로에게 서운해지면 이 책의 한 페이지를 펼쳐보자. 여기에서 당신과 나는 로맨스 소설의 주인공처럼 학교 앞 횡단보도 앞에 나란히 서 있다. 앞으로도 당신과 함께 수많은 신호등을 기다리다, 그 너머로 봄바람처럼 건너가기를.

이 책에서 가장 오래된 글은 2014년도에 쓴 글이고, 가장 새로운 글은 지금 쓰고 있는 글이다. 그중에는 2017년부터 브런치에 연재한 글과 출간을 위해 새로 쓴 글이 섞여 있다. 혹시 내가 출연한 작품을 한 편이라도 본 독자라면 더 재밌게 읽어주실 수 있겠지만, 그렇지 않은 분이어도 상관없다. 왜냐하면 나에겐 이 책이 나만의 '이야기'를 세상에 처음으로 공개하는 첫 공연이나 다름없으니. 당신은 이미 나에게, 이 '이야기'의 소중한 첫 관객이다.

마지막으로, 언제나 안온한 얼굴의 출판사 식구들에게, 나의 새로운 항해를 함께해주심에 큰 감사의 마음을 전한다.

2022년, 여름을 앞둔 약수동 언덕에서
최희서

차례

3장 · 기적일지도 몰라

4장 · 여러해살이풀

1장

서른의
아침이

말을
걸었다

86년생 배우 최희서입니다

새해가 밝았다. 여느 해의 시작처럼, 들뜬 마음으로 직접 만든 프로필(배우 이력서) 열 부를 들고 논현동과 상암동 투어를 시작하려던 참이었다. 어느 영화사부터 돌까. 아으, 춥겠다. 그런데 문득, 앞코 닳은 나의 최애 부츠를 신고 활기차게 첫걸음을 내디디려는 순간, 영화인 커뮤니티 필름메이커스에서 보았던 게시물 제목들이 떠올랐다.

**역, 20대 여배우 모집

\##역, 나이 제한 20~29세

주요 여자 배역 모집. 나이 25~28세

잠깐만.

나 이제 서른인가?

1986년 12월 24일생인 나는 2015년에 우리나라 나이로 서른이 되었다. 억울한 일이었다. 태어난 지 2주 만에 두 살이 된 나는 그렇게 30년 동안 매년 두 해만큼 아깝고, 억울했는데, 특히나 서른, 아니 만 스물여덟인 이해에는 더욱 억울한 일이 많을 것 같았다. 모집 유형에 표기된 숫자만 보아도 찾아가려고 했던 영화사 열 군데 중 다섯 군데는 갈 수 없다. 아니, 간다해도 그들이 원하는 '여배우 모집' 범위에 낄 수가 없다. 오디션장에 들어가면 지정 대사 첫마디를 채 하기도 전에 이력서에 적힌 내 나이부터 볼 텐데, 연기를 보여줄 기회가 주어지기나 할까? 풀이 죽은 내게 엄마가 불쑥 말씀하신다.

"네가 원래 1987년 1월 7일이 출산 예정일이었는데, 2주 일찍 나와서 크리스마스이브에 태어난 거야."

"그럼 난 원래 86년생이 아니라 87년생이어야 했던 거네?"

엄마 배 속에 있을 때부터 난 성격이 급했구나. 크

리스마스이브를 반납하고 딱 한 살만 어려지고 싶다.

"그렇지, 네가 일찍 나와버려가지고."

문득, 이런 잔꾀가 피어올랐다.

만약 내가 출산 예정일에 맞추어 2주 늦게 태어났다 치면, 87년생이라고 말하고 다녀도 뭐, 완전 거짓말은 아니잖아? 그래, 맞아. 내 생일은 원래 1월 7일이어야 했으니까. 난 원래 그때 태어났어야 했다고!

그렇게 나는 1987년 1월 7일이라는, 여태껏 살면서 아무런 의미가 없던 출산 예정 날짜에 감사하며, 말도 안 되는 논리로 나 자신이 아직 서른이 아니라는 가설에 완벽히 수긍했다. 희망이 보인다. 나는 기쁜 마음으로 다시 컴퓨터를 켜고, 파워포인트를 열어, 한 땀 한 땀 정성스레 만든 나의 프로필 가장 윗부분, 생년월일을 들뜬 손가락의 힘으로 꾹꾹, 눌러 삭제했다. 그리고 입력했다.

최희서. 1987년 1월 7일생.

됐다. 난 올해 스물아홉이야. 나 아직 20대야, 20대. 사실이잖아, 아직 만 스물여덟, 생물학적 나이로 20댄데? 약국에서 주는 약 봉투에도 내 이름 옆에 '(28)'이라고 찍히는데? 나 20대 배우야. 약 5분 동안 그렇게 컴퓨터 스크린 앞에서 자기 최면을 걸던 나는, 어딘지 후련한 기분으로 인쇄 버튼을 누른다.

　그로부터 몇 개월 후.

"최희서 씨 87년 토끼띠시군요?"

"희서 씨 저와 나이가 같네요, 저도 87인데."

"올해 스물아홉이시구나…… 전 아홉수 정말 징하게 왔었는데."

"……아 네, 맞아요, 87입니다. 하하."

　신기한 일이었다. 프로필을 고친 후, 오디션에 갈 때마다 조감독님들은 나의 나이 혹은 생년월일에 특별한 관심을 보이며 물었고, 불현듯 들어오는 펀치에 나는 고개를 끄덕이며 연신 "네, 네" 답을 하게 되었다. 그렇게 처음 몇 달 동안은 미소로 일관하며 고개를 끄덕였지만, 언젠가부터 나이 얘기만 나오면 무릎 끝을 바라보는 버릇이 생겼다. 이 사소한 거짓말이 이렇게 가슴 한구석을 켕기게 만들 줄이야.

　그러나 과연 그것은 사소한 거짓말이었을까? 그 이

후로 나의 2주 늦춰진 생년월일 1987년 1월 7일은 네이버나 다음 프로필, 나무위키, 나아가 해외 검색 사이트까지 점령했고, 모르는 사람을 만나도 "희서 씨제 후배랑 동갑이던데, 87년생" 하며 내 뒤를 따랐다.

그렇게 가짜 생일로 프로필을 돌린 지도 4년이 흘러 2019년이 되었지만, 이 '870107'이라는 숫자는 내게 여전히 낯선 숫자로 남았다. 이제 슬슬 내 진짜 생년월일로 되돌려놓을 때가 아닐까. 아니, 그래야만 하지 않을까. 나는 마침내 지인들에게 내 고민을 털어놓았다.

"왜? 나이 속이는 배우들 많아. 넌 고작 2주지, 내가 아는 배우 중에 82인데 87이라고 말하고 다니는 사람도 있어."

"그래도 여배우가 한두 살이라도 더 어린 게 좋지."

2015년 1월, 열심히 활동하겠다는 다짐과 함께 저지른 나의 사소한 거짓말은 세월이 흐를수록 점점 무거운 짐이 되어 어깨를 짓누르기 시작했다. 그리고 해가 거듭될수록, 이 고민은 내게 새로운 의문을 심어주었다.

도대체 나이가 뭐가 그렇게 중요해?!

2주 속이나 5년 속이나, 속이고 있다는 사실은 변하지 않는다. 왜 '여'배우는 한두 살이라도 어린 게 더 좋은 거야? 대체 누가 그래? 누가 정한 거야? 미국에서는 배우 프로필에 나이를 적지 않고, 연기할 수 있는 나이의 범위를 적는다고 한다. 난 지금, 거짓말 조금 보태서 고등학생 역할도 할 수 있다고! 그리고 아이 하나 딸린 30대 후반 커리어우먼 역할도 거뜬히 할 수 있어. 분장과 의상의 힘, 그리고 내 연기로 18세부터 45세 역할까지 소화할 수 있다고! 아, 더 이상 못 참겠다. 나는 동동 구르던 발을 멈추고 컴퓨터 책상 앞에 털썩, 앉는다.

2019년 1월, 여느 해의 시작처럼 나의 애정이 깃든 프로필을 바라본다. 그리고 다시 나 자신에게 최면을 건다. 지금 나의 선택이 옳은 것이라고. 나이는 중요하지 않다. 숫자는 중요하지 않아, 잘하는 게 중요한 거지. 서른이든 서른넷이든 내 연기를 좋아해주는 사람들이 있는 게 중요한 거야. 그렇게 내 안에 있던 87년생 최희서와 86년생 최희서의 다툼을 지켜보던 나는 에이, 될 대로 돼라 하는 마음으로 프로필 가장 윗부분 생년월일을 스르륵 삭제하고 새롭게 입력했다.

최희서. 1986년, 12월 24일생.
다른 이름으로 저장. '2019년 최희서 프로필.pptx.'

이렇게 나의 새로운 한 해가 시작되었다.

Ⅱ

9월을 하루 앞둔 날, 아침 바람은 미지근했다.

"우선은 감독님께만 말씀드리는 거라 다른 사람들한테는……."

"어어, 그래그래. 나만 알고 있을게."

결혼식이 다가오고 있다. 이제 한 달밖에 남지 않은 내 결혼. 지난 두 달 동안 조용히, 정말 소리 소문 없이 준비해온 결혼을 이제 슬슬 가까운 사람들에게 알려야 할 때였다.

'가을이 오면, 결혼을 합니다. 저 결혼하고 싶었거든요.'

그런데 이 말을 꺼내기가 왜 이렇게 망설여지는지 모르겠다. 아니, 모르는 것이 아니다. 이 공표가 왜 망설여지는지 나는 정확히 안다. 바로 얼마 전까지 나이를 숨겨왔던, 무릎 끝을 보며 망설이던 모습하고 일치하지 않는가. 나이를 먹어서, 결혼을 해서, 연기할 기회가 예전만큼 없을까 봐. 결혼을 한다고 하면 들을 것 같은, 혹은 내가 없는 자리에서 오갈 것 같은 말들을 두려워하는 나의 모습. 듣지 않아도 이미 알 것 같은 표정들과 이미 들어본 적 있는 것 같은 이 말들을 속으로 읊조리며, 나는 존재하지도 않는 무대 위에 서서 나를 지켜보는 심사위원들을 향해 눈을 질끈 감는다.

"결혼하면 아무래도 여자 배우는 역할이 제한적이지."

"누가 그래? 왜? 결혼하면 없던 기미가 갑자기 생기니? 갑자기 하늘에서 애기가 떨어져?"

"아니 그렇잖아. 기사에도 품절녀, 유부녀 대열 합류, 이런 헤드라인 나오면 안 좋지 않나."

"뭐가 안 좋다는 거야. 결혼하는 게 무슨 죄야? 왜 숨겨야 돼?"

결혼이라는 일은 아마도 살면서 손꼽을 만한, 가장 축하받아야 할 일이 아닐까. 사랑하는 사람을 만나 그 사람과 평생을 함께하고자 다짐하고 그 시작을 가까운 사람들에게 알리는 의식. 그들의 축복을 받고 받은 축복만큼 힘차게 웃는 것, 옆에 있는 사람의 손을 그 어떤 날보다도 꼭 붙잡는 것, 함께 앞을 바라보는 것. 얼마나 아름다운 일일까. 내게 곧 그날이 올 거라는 상상만 해도 벌써 코끝이 찡해진다. 오예! 신나!

……그런데 생각만 해도 행복하고 좋은 일을, 나는

대체 왜 숨겨야 되는가!

　친한 감독님과 여느 때보다 어색한 통화를 마치고, 집으로 가는 발길이 떨어지지 않아 토요 시장으로 향했다. 높아진 하늘 아래, 잠자리들이 하나둘 포물선을 그리며 유유히 바람 속을 흐른다. 이 좋은 날씨에, 이 좋은 일에, 나는 무엇을 그리 두려워하는 것일까. 야채 가게에서 주글주글한 단호박을 이리저리 만져보면서도 계속 이어지는 이 감정이 두려움인지 혹은 더 나아가 우울함인지 알 수 없어 답답하기만 했다. 아니, 생각할수록 억울하네. 나이도 그렇고 결혼도 그렇고, 왜 숨겨야 되는데? 결혼하면 내가 갑자기 엄청 후져져? 나이 한 살 많다고 갑자기 내가 폭삭 늙어?
　"아저씨, 단호박 어떻게 해요?"
　"두 개 3천 원이요."
　"두 개 주세요. 감사합니다."
　주말을 맞아 슬리퍼를 신고 함께 장을 보러 나온 부부들의 말간 얼굴이 눈에 들어온다. 한 젊은 여성과 옆에 서 있는 남자가 과일 가게의 새빨간 사과를 보고 있는데, 그 옆을 지나자 그들이 뿌린 향수가 사과 향과 섞여 오묘한 향을 풍긴다. 나는 그곳을 지나쳐 집으로 향하며 다시 나 자신에게 묻는다.

나는 도대체 뭐가 두려운 걸까?

나를 가리키는 그 모든 수식어 이전에 나는 그냥 나야. 결혼을 해도 연기하는 최희서고, 마흔이 되어도 배우 최희서일 텐데. '유부녀', '30대 여배우'. 왜 수식어에, 숫자에 이토록 동요하는 거야, 나는. 물론 나이를 숨기게 된 것도 결혼을 쉬쉬하며 마치 죄지은 것처럼 조용히 준비한 것도 내 탓만은 아니다. 언제나 나를 둘러싼 사람들의 말과 생각이 있었고, 10년 전부터 마치 스펀지처럼 평가와 잣대를 쭉쭉 흡수해온 내가 있었다. 그리고 믿었다. 그런 세상이, 사람들의 말이 옳다고. 그러던 내가 마침내 의문에 다다른 것이다.

'과연 그들의 말이 옳았을까? 내가 여태껏 두려워했던 것들은 정말 두려워할 필요가 있었을까?'

나는 아파트 단지로 들어서는 계단 앞에 우뚝 섰다. 안 되겠다. 더 이상 숨기고 싶지 않다. 아니, 오히려 큰 소리로 말하고 싶다. 마치 나보다도 내 미래를 더 잘 안다는 듯한 뭇사람의 생각과 말에 동요하고 망설이는 건 이제 지긋지긋하다. 그리고 여태껏 옳다고 강요받은 것들에 전부, 돌을 던지고 싶다. 그들이 정의한 나의 모습을 받아들일 마음이 나에게는 애초부터 조금도 없었다. 이제 좀, '최희서'다워지자. '문경이'다워지자. 이제 나답게 좀 살자.

나는 계단 위를 우다다다 뛰어오른다. 집에 들어서자마자 단호박이 든 봉지를 식탁 위에 내팽개치고, 마약방석에 드러누워 나를 힐긋 쳐다보는 강아지 아리를 지나 컴퓨터 앞으로 향한다. 목덜미 뒤에 흐르던 땀도 바람에 식었다. 컴퓨터 전원 스위치를 켠다. 지난봄부터 써온 나의 글들이 담긴 문서 파일을 연다. 삶과 떼놓을 수 없는 직업을 가진 나는, 직업과 떼놓을 수 없는 나의 삶도 소중히 다루어야 한다. 내 삶에서 내가 숨기려 하는 무언가가, 내가 신통치 않아 하는 무언가가 있다면 그것을 캐내야 한다. 그것을 마주해야 한다. 두려워할 순 없다. 나는 문서 파일의 가장 마지막 페이지에서 엔터 키를 대여섯 번쯤 치고는 백지를 불러온다.

이제, 내가 세상에 질문을 던질 차례다.

○

내 이름은 최문경이고 최희서라는 예명으로 활동하는 배우다. 1986년 12월 24일에 태어났다. 2019년인 지금은 서른넷, 만 서른둘이다. 나는 4년 동안 나이를 속여왔다. 하지만 이제 그러지 않을 것이다.

나의 이야기는 내가 서른이 되었던 2015년 1월로 거슬러 올라간다. 아직은 '20대 여배우'이고 싶었던 그해, 87년 1월 7일생이라는 거짓된 생년월일로 나의 이력서를 고쳤던 바로 그날부터 시작된다.

우리의 처음

2019년 8월, 상암동의 어느 녹음실.

"혼인이란 것은, 부부가 된다는 것은 동무를 갖는 일이구나. 죽어도 날 따돌리지 않을 동무 하나가 내게 생긴 것이구나. 주룡은 문득 그런 생각으로 마음이 벅차오르는 것을 느낀다."

박서련 작가의 장편소설 《체공녀 강주룡》(한겨레출판, 2018)의 오디오북 녹음을 하다 이 대목을 읽던 나는 멈칫한다. 방금, 목소리가 조금 떨린 것 같다. 나는 코끝에 닿을 것 같은 마이크 앞에서 숨을 꿀떡 삼킨다.

'갑자기 감정이입하면 안 되는데?'

잠시 리딩을 멈추고 고개를 들어보니, 방음 유리 너머로 스태프 여섯 명이 나의 다음 문장을 기다리고 있다. 하하, 아무도 눈치 못 챘겠지. 혼인을 앞둔 배우가 혼인에 대한 문장를 읽다 괜스레 저 혼자 멋쩍어하고 있다는 걸. 아차, 집중하자 집중. 나는 재빨리 눈으로 다음 문장을 짚고, 목소리를 가다듬는다. 그리고 그다음 문장을, 또 그다음 문장을 읽고 페이지를 넘긴다. 하지만 마음속에서는 혼인에 대한 주룽의 말이 자꾸 맴돈다. '혼인이란 것은, 동무를 갖는 일. 죽어도 날 따돌리지 않을 동무 하나가 내게 생기는 일.'

나와 S는 2010년 4월, '고급영상제작' 수업에서 처음 만났다. 2010년 1학기, 언론홍보영상학부 4학년이었던 나는 낮에는 수업을 듣고, 밤에는 연극 연습을 하며 바쁜 봄을 보내고 있었다. 스물다섯의 나는 하고 싶은 것이 명확했다. 연기. 사실 지난 3년 동안의 대학 생활은 연극을 제외하곤 큰 의미가 없었다. 스무 살 때부터 연희극회(연세극예술연구회)에서 학기마다 공연을 올리던 나는 아파서 수업에 못 가도 연극 연습을 위해서는 학교에 나왔고, 대학 생활의 꽃이라는 축제와 과 MT는 공연 연습과 겹쳐 3년 동안 단 한 번도 가본 적이 없었다. 게다가 2009년에는 영화 〈킹콩을 들다〉로 데뷔하며 1년을 휴학했으니, 나에게 '언론홍보

영상학부 4학년 1학기'는 재학증명서에 찍힌 글자 이상의 감흥을 주지 못했다. 빨리 졸업해서 전업 배우가 되고 싶지만, 기왕 수업 듣는 거 최대한 나의 진로와 가까운 과목을 찾아보자. 새 학기 수강 신청을 앞두고 마치 입맛 없는 아이가 앞에 놓인 그릇을 수저로 휘젓 듯 멀뚱멀뚱 시간표를 바라보던 내게 연극반 선배가 말을 걸어왔다.

"'고급영상제작'이라는 수업 들어봐. 거긴 한 학기 동안 단편영화만 찍거든. 연출도 해보고. 영상 연기에 도움이 될 거야."

나는 귀가 솔깃했다. 학교 전체를 통틀어서, 한 학기 동안 단편영화를 찍으면서 학점까지 딸 수 있는 유일한 수업이라니! 게다가 정원은 오직 서른 명. 영상을 진지하게 배우고 싶은 학생들 딱 서른 명이 모여 영화를 만든다…… 이거 완전 나를 위한 과목이잖아?

2010년 3월, 나는 '고급영상제작' 수업이 열리는 석조 건물의 돌계단을 뛰어오른다. 담쟁이덩굴로 뒤덮인 건물 2층 복도 끝, 검정 철문을 양옆으로 힘차게 열어젖힌다. 강의실에는 책상 하나 없이, 마치 작은 예술

영화관 객석을 연상케 하는 등받이 의자만 여러 줄 놓여 있다. 강의실 한쪽 벽에 드리워진 흰 스크린 위로 프로젝터에서 새어 나오는 초록빛이 쭉 뻗어나간다. 빛의 선로에서 먼지들이 산란하며 반짝거린다. 아, 학교에 이런 곳이 있었다니! 빨리 수업 듣고 싶다!

'고급영상제작' 수업은 한 학기 동안 세 번의 조모임 과제로 이루어졌다. 한 팀당 조원 대여섯 명으로, 약 3주 동안 단편 영상 한 편을 완성하고, 4주 차에는 각 조의 작품을 상영하며 품평회를 하는 방식이었다. 나와 S는 4월 중순부터 시작된 두 번째 과제, 단편 극영화 제작 조모임에서 처음으로 같은 조가 됐다.

첫 만남, 여섯 명의 학생이 둘러앉아 있지만, 누구 하나 먼저 말을 꺼내는 사람이 없다. 몇 사람은 서로 친한 사이 같고, 한두 명 정도는 나처럼 얼굴은 아는데 어느 수업을 같이 들었는지 기억이 나지 않는 정도의 얄팍한 친밀감을 지닌 상태. 다들 어색한 침묵을 저마다의 눈웃음으로 꾹꾹 누른다. 아, 난 이렇게 눈치 게임을 하는 시간이 제일 싫다. 다들 누군가가 사회자 마이크 잡고 진행해주길 바라는 거야? 왜 아무도 자기가 뭘 하고 싶은지 밝히지 않지? 안 되겠다.

"저는 연출에 관심 있어요! 시나리오도 쓰고 싶고요!"

참지 못한 나는 결국 이 고요함 속에 야망을 뱉어낸다. 다들 잠시 끔벅끔벅 나를 바라보다 스리슬쩍 시선을 피한다. '나보다 연출해보고 싶은 사람 있어!?' 하며 부리부리하게 눈을 뜨고 손을 번쩍 드니, 다들 부담스러워할 수밖에. 지금 생각해보면 조금 부끄럽다. 아 좀 가만히 있을걸. 나의 불타오르는 의욕이 조원들에게 공포심을 안겨준 걸까.

"우와- 그럼 연출은 이미 결정이네요."

침묵을 뚫고, 한 조원이 반색하며 박수를 친다. 이렇게 쉽게? 잠깐만, 조금 민망해지려 한다. 이 상황은 '가장 큰 빵은 제가 먹을래요!' 하고 손을 번쩍 든 어린아이하고 뭐가 다른가. 살짝 양보를 하자. 일보 후퇴.

"아, 아니에요. 혹시 다른 분이 하고 싶으실 수도 있, 있잖아요. 그쵸?"

나의 갑작스러운 발뺌에 조원들은 살짝 의아해하는 표정으로 서로를 바라본다. 또다시 침묵이 흐른다. 그때, 검은 모자를 쓰고 줄곧 조원들의 얼굴을 바라보던 한 남자가 입을 연다.

"문경 씨 말고 연출하고 싶은 분, 계신가요?"

조원들이 이번에는 일제히 이 검은 모자의 사나이를 쳐다본다. 나 또한 그를 본다. 아, 나 저 사람 아는데. 작년에 전공 수업을 같이 들었던, 맨날 강의실에서 뒷자리에 앉던 그…… 검은 모자!

"안 계시면 문경 씨가 하는 걸로 결정하죠. 하고 싶은 사람이 해야죠."

어라, 검은 모자가 리드하네. 이 친구 이런 캐릭터였나? 검은 모자와 나 사이에 앉은 조원들은 고개를 끄덕이며, "네, 그렇게 해요", "연출이 제일 중요한데 하고 싶은 사람 있어서 다행이에요"라며 수긍을 한다. 검은 모자가 나지막이 이어나간다.

"제가 I랑 영상 찍어봐서 아는데 I가 촬영 잘해요. 관심도 있고요. 그치, I?"

검은 모자가 묻자, 옆에 앉아 있던 I가 끄덕인다. 그의 질문이 반가운 모양이다. 조원들 가운데 가장 어린 2학년인 I에게 모두의 눈길이 간다. 검은 모자가 이어 이야기한다.

"저도 촬영에 관심이 있지만 I가 저보다 잘하니까 양보할게요. 필요하면 촬영 보조 정도 하죠. 저는 대신 프로듀서를 할게요. 그럼 지금 연출, 촬영, 피디가 결정된 것 같은데요. 이의 있으신 분?"

뭐야, 이 친구 정리 잘하네. 의원데? 시킨 사람도 없는데 사회자처럼 착착 진행하는 검은 모자, S의 등장은 뜻밖이었다. 사실 지난 한 달 동안 강의실에서 인사를 하지도, 아는 척을 하지도 않았지만 S도 나도 서로의 존재를 진작부터 알고는 있었다.

1년 전 전공 수업 시간, 항상 교수님 단상 바로 앞줄에 앉아 있던 나와 강의실 맨 끝줄에 앉았던 S는 눈이 마주칠 일이 없었다. 지정석도 아니었지만 우리는 언제나 같은 자리에 앉았고, 우리 사이에는 여섯 줄 정도의 책상이 나열되어 서로의 얼굴은커녕 뒤통수조차 가까이서 볼 일이 없었다. 나중에 알게 되었지만, 그는 나의 존재를 '항상 앞줄에 앉는 무서운 여자(S는 내 아이라인 화장이 너무 진해서 무서웠다고 한다)'로, 나는 그를 '항상 뒷줄에 앉는 건방진 남자(S는 검은 모자를 푹 눌러쓰고는 항상 수업에 늦게 들어왔다)' 정도로밖에 인지하지 않았다. 우리는 친하지도 않았고, 그다지 친해지고 싶은 마음도 없이 졸업을 앞둔, 서먹한 과 동기에 불과했다.

그러던 우리가 4학년 1학기, '고급영상제작' 수업의 서른 명 가운데 한 조가 되어 처음으로 맞은편에 앉게 된 것이다. 여전히 수업 중에 검은 모자를 눌러쓰고 있지만, 나의 건방지다는 선입견과 달리 그는 나서지 않으면서도 차근차근 조원들의 얼굴을 바라보며 대화를 이끌고 있었다. 둘러보니 다른 조원들은 중요한 역할이 정해져 정리되는 모양새에 흡족해하는 듯했다. 프로듀서가 된 S는 능숙하게 촬영 장소를 알아보고 날짜를 조율하는 등 세부적인 계획을 짜기 시작했고, 한 시간 주어졌던 조모임 회의가 15분 만에 끝나며 모두 기쁜 마음으로 자리에서 일어섰다. 바깥은 아직 환했다.

나와 S는 각자 삼각대와 PD150 카메라가 든 철가방을 어깨에 메고 건물을 나섰다. 우리가 수업을 들었던 성암관은 학교 캠퍼스의 가장 안쪽, 정문에서 약 1킬로미터쯤 떨어진 곳에 있어, 바깥으로 나가려면 한참을 걸어야 했다. 건물 외벽의 담쟁이덩굴이 봄바람을 타고 일렁였다. 벚꽃은 한바탕 만개한 후였다. 우리는 흙에 엉킨 꽃잎들을 밟으며 정문을 향해 걷기 시작했다.

인문대 건물을 지나고, 학생회관 앞에 즐비한 커피 자판기들을 지났을까. 서로의 발소리만 듣는 게 근질거리던 나는 불쑥 S에게 질문을 던진다.

"일본 사셨다면서요? 언제 살았어요?"

I에게서 S가 도쿄에 산 적이 있다는 이야기를 들은 나는 일본이라는 우리 둘의 공통분모부터 공략한다. S는 나의 급작스러운 과거사 질문에 움찔하면서도 특유의 차분한 톤으로 대답한다.

"전 아주 어렸을 때요. 유치원 때부터 초등학교 3학년까지."

"진짜요? 나도 오사카 살았거든요."

"정말요?"

나 또한 일본에서 살았다는 이야기가 의외였는지 S는 놀라는 눈치였다. 앞만 보고 걷던 그가 고개를 돌려 내 얼굴을 힐긋 쳐다보는 게 느껴지지만, 나는 괜히 쿨해 보이고 싶은 마음에 정면에 시선을 고정한 채 답한다.

"전 거기서 초등학교 졸업했어요. 한 5년 살았나?"

"학교에서 일본 살다 온 사람 처음 만나요."

"하하, 저도요."

그렇게 수다가 트이기 시작하자, 우린 금세 학교 정

문 앞에 다다랐다. 정문 앞에는 신촌 거리로 향하는 긴 횡단보도가 학생들의 발길을 가로막는다. 여느 때처럼 신호등 옆을 지키는 호떡 트럭에서 깨설탕이 녹는 고소한 냄새가 흘러나온다. 우리는 그 달금한 향을 맡으며 횡단보도 앞에 서서, 길 건너 고가 위를 질주하는 낡은 기차를 바라보았다.

신기한 일이다. 이렇게 나란히 서서 함께 신호를 기다리고 있자니, S가 부쩍 가깝게 느껴진다. 마치 아주 오래전, 일본에서 소학교 다닐 적에 주번 청소를 끝내고 함께 집에 걸어가곤 했던 친구처럼. 하굣길 신호등 앞에 나란히 서서, 석양이 내리는 횡단보도의 흰 띠를 같이 세던 가까운 사이처럼. 지난 학기 수업 때만 해도, 검은 모자를 푹 눌러쓰고 강의실 맨 뒷줄에 앉던 지각생과 이렇게 단둘이 걷게 될 줄은 몰랐지. 그 또한 마찬가지였을 것이다. 짙은 눈화장에, 꽃 피는 봄에도 웨스턴 부츠를 신고 다니는 맨 앞줄 무서운 여자랑 이 신호를 기다릴 거라곤 상상이나 했을까.

지난 3년 동안 나 홀로 지겹도록 건넌 이 횡단보도, 반복되는 신호등의 점멸, 오가는 학생들의 발길 속, 갑자기 S라는 인물이 등장해 내 옆에서 함께 초록불을 기다리는 이 장면이란. 참, 사람과 사람의 만남이란 알 수 없는 일이다. 우린 분명 지난 학기에 만났지만 만나지 않았고, 오늘에서야 줄곧 만나오던 사람처럼 서로의 얼굴을 마주했다.

"그럼 우리, 같은 시기에 일본에 있었던 거네요."

신기한 친밀감에 휩싸여, 나도 모르게 '우리'라는 말이 튀어나와버렸다.

"그러……."

S가 바뀐 초록불을 바라보며 답한다. 기차가 지나가며 낸 굉음 탓에 그의 말이 정확히 들리지 않지만, "그런가요" 혹은 "그러네요"인 것 같다. 나는 긴 횡단보도를 향한 첫발을 먼저 내디디며, S에게 거절할 수 없는 제안을 한다.

"동갑인데 말 놓자!"

무거운 철가방을 어깨에 메고 묵묵히 걷던 그가 고개를 돌려 나를 바라본다. 나 또한 이번에는 고개를 들어, 그의 시선에 응답한다.

어느 새벽, 신촌에서

　돌이켜 생각해보면, 그해 '고급영상제작' 수업에서 단편영화를 계획하고 촬영하던 몇 주는 내 인생에서 영화 만들기라는 작업을 가장 즐길 수 있던 시간이었다. 관객 수나 수입 창출을 걱정할 일 없는 학생의 신분이란 얼마나 자유로운가. 게다가 통상 해야 하는 리포트 쓰기나 PPT 작성은 도서관이나 강의실에 갇혀 있어야 하는데, 영화 만들기는 의자를 박차고 일어나 인사동으로, 광화문으로, 그 어디든 갈 수 있었다! 2010년 나의 봄은 온몸의 세포가 쭈뼛 서는 듯한 해방감에 휩싸인 청명한 계절이었다. 창작의 기쁨과 그것을 공유하는 즐거움으로 만개한 봄. 그리고 그 계절의 매 순간에, S가 있었다.

　"야, 너 진짜 타고난 프로듀서다!"

　누군가에게 칭찬을 듣는 것이 익숙하지 않은지 그

는 늘 나의 칭찬에 말끝을 흐렸다. S는 말수가 많지 않았지만, 다수의 의견이 공중에서 헤매고 있을 때, 매우 신속하고 정확하게 팀의 방향을 잡아주는 탁월한 능력이 있었다.

촬영이 시작되자, S는 프로듀서라는 교통정리 역할뿐만 아니라 촬영이나 연출 등 창의적인 방면에서도 꽤 실험적인 도전을 하고 싶어 했다.

"테이프 얼마나 남았어? 저 가로등 한번 테스트로 찍어볼까?"

S가 나와 촬영감독인 I에게 제안한다. 그때는 스마트폰이나 디지털카메라는커녕 편의점에서 16밀리 비디오테이프를 사서 호주머니에 넣고 다니며 촬영하던 시절이었다.

"가로등은 왜?"

내가 S에게 묻는다. 테이프 아껴가면서 찍어야 되는데, 갑자기 웬 실험?

"보니까 인사동길 가로등이 독특하더라고. 인물 얼굴이 잘 안 보여도 후광을 좀 살리면……."

S는 이렇듯 역광을 사용해보자든지, 컷 없이 한 신을 원 테이크로 찍어보자든지 하는 과감한 의견을 거

리낌 없이 내세우다가도, 다수가 그 의견에 반대하면 "그럼 패스, 원래대로 하자"라며 금세 자신의 제안을 접었다. 독창적인 아이디어를 던지다가도, 그것이 다수의 동의를 얻지 못하면 미련 없이 접어버리는 S는 내가 여태껏 본 적이 없는 유형의 '히든 리더'였다.

나는 지난 3년 동안 교내에서 내로라하는 특이한 사람들만 모인 극회에서도, 음대생부터 의대생까지 모인 교양 수업 조모임에서도 이런 캐릭터를 만난 적이 없었다. 자기가 이 집단에서 어떤 역할을 하고 싶다기보다, 이 집단이 자기를 어떤 역할로 필요로 하는지를 파악하려 했던 S는, 어찌 보면 연출하고 싶다고 가장 먼저 손을 번쩍 들었던 나와는 정반대의 이타적인 사람이었다. 그는 과연 어릴 적부터 이런 성향이었을까. 아니면 자라온 환경이 그를 이렇게 만든 걸까. 나는 조금씩, S가 궁금해졌다.

5월로 접어든 캠퍼스는 축제 분위기로 들썩였다. 우리 팀은 진득한 막걸리 냄새가 잔디밭을 메우던 교정을 뒤로하고, 신촌의 24시간 카페를 찾아 자리를 잡았다. 이제 그동안 찍은 여덟 개의 테이프를 모아 디지털 파일로 변환하고, 편집을 해야 한다. 주 편집자는 감독인 나와 촬영감독인 I였지만, 프로듀서인 S 또한 함께 옆에서 모니터링을 하며 편집의 방향성을 잡기로 했다.

새벽 3시, 이미 테이블에 얼굴을 묻고 조용히 어깨를 들썩이며 잠든 조원들 옆, 드디어 I마저 테이블 위로 쓰러진다. 이제 나와 S만이 남았다. 당장 내일 우리는 이 편집본을 교수님과 다른 팀들이 보는 앞에서 상영해야 한다. 노이즈가 심하거나 배우의 대사가 들리지 않으면 안 되니까, 편집이 끝나면 음향 체크도 해야 한다. 할 일은 태산인데, 이미 아홉 시간째 모니터만 뚫어지게 본 내 눈에는 영상들이 아지랑이 피어오르듯 흩어져간다.

"I가 고생했어. 이제 내가 사운드 편집 좀 할게."

S는 무거워진 눈꺼풀을 애써 들어올리며, 노트북 모니터 앞에 앉아 헤드폰을 쓴다. 고등학교 때 친구와 함께 힙합 음악을 만들며 음향 편집을 해본 적 있다는 S는 마치 그동안 이 순간만을 기다려온 듯, 현란한 클릭의 연타로 데시벨의 곡선 사이를 넘나든다. 지금 모니터 위를 헤엄치는 저 기호들이 뭔지 모르겠지

만…… 갑자기 그가 대단해 보인다. 나는 눈을 비비며 모니터와 S를 번갈아 본다.

"와- 뭐야, 너? 이런 것도 할 줄 알아?"

하지만 헤드폰을 쓰고 이미 사운드 편집을 시작한 S는 내 목소리가 전혀 들리지 않는 눈치다.

"근데 난 이제 고비가 온 것 같아. 넌…… 안 졸려?"

미안한 마음에 그의 팔을 톡톡 흔들어볼까 싶다가도, 눈을 부릅뜨고 한창 편집에 열중한 그에게 방해가 되고 싶진 않다. 나는 문득, S의 옆모습을 바라본다. 그의 눈꺼풀은 무거워 보이지만 그 아래 눈동자는 화면을 좇아 좌우로 빨리도 움직인다. 웃을 때 반달 모양이 되는 그의 눈은 집중했을 때 꽤 매섭다. 속눈썹이 생각보다 길구나. 눈꺼풀과 눈썹 사이는 유난히 좁고. 저렇게 좁아야 화장을 안 해도 눈매가 또렷해 보이는 건데. 내 눈꺼풀은 넓어서 아이라인이 필수지. 모니터에 집중한 S의 얼굴을 훔쳐보던 나는 까무룩 고개를 떨구다가 흠칫 놀라 괜히 자세를 고쳐 앉는다. 바깥에선 명물 거리의 새벽 틈새로 아침이 밀려오고 있다.

길 건너 창천교회의 스테인드글라스에 작은 햇살이 한 조각 맺히기 시작할 때. 밤새도록 수레에 막걸리를 싣고 골목길을 돌던 아저씨도 어느샌가 그 자취를 감췄을 때. 저 멀리 고가 도로 위로, 새벽을 등지고 달리는 기차 소리가 희미하게 들려올 때.

이제 우리 외에 그 누구도 깨어 있지 않은 카페에서 S의 옆모습을 바라보며 이런저런 생각을 하던 나는, 결국 그의 옆에서 쥐도 새도 모르게 잠들고 만다.

혼인이란 것은, 부부가 된다는 것은

I

2019년 8월. 제주도 김녕해수욕장의 바다는 검고 푸르렀다. 늦여름의 바닷바람은 묵직하게 우리 몸을 휘감아 돈다. 바람 끝이 사늘한 것이, 곧 가을이 온다는 뜻일까. 나는 뒤돌아 S를 바라본다.

"이렇게 둘이서 사진 찍고 있으니까 옛날 생각난다."

"그러게. 네 얼굴 각도도 그렇고, 옛날에 우리 과제로 찍었던 뮤직비디오 생각나네."

한 손엔 내 베일을, 다른 한 손엔 카메라를 들고 연신 셔터를 누르던 S가 잠시 고개를 들고 나를 바라보며 끄덕인다. 그의 눈 아래가 시커멓게 번졌다. 누가 보면 분장한 줄 알겠다.

"너 다크서클 진짜 심해. 피곤하지?"

"아니? 재밌는데?"

S는 다시 카메라를 들고 사진을 찍는다. 셀프 웨딩 촬영이 힘들다더니, S가 제대로 그 매운맛을 보고 있다. 나 또한 아침 일찍 일어나 메이크업을 하고, 허리가 조이는 드레스를 입고, 힐을 신고 있는 일이 쉬운 일은 아니었다. 그러나 이 더운 날씨에 긴팔 긴바지를 입고 팔뚝만 한 카메라를 들고 이리저리 구도를 잡는 S의 모습을 보니 '힘들다'는 말이 나올 수가 없다. 햇볕에 익어서 구릿빛이다 못해 고동색이 된 그의 목덜미에 모기 물린 자국이 벌겋게 부어오른다. 모기랑 더위, S가 가장 싫어하는 환경 속에서 촬영을 하다니!

하지만 S는 자신이 좋아하는 일에 몰두하기 시작하면 그렇게 싫어하는 더운 날씨도, 짐을 주렁주렁 매달고 돌아다니는 것도 그다지 크게 신경 쓰지 않았다. 나중에 알게 되었지만, 우리가 처음으로 단편영화를 찍었을 때, 24시간 카페에서 동이 틀 때까지 밤샘 편집을 할 수 있었던 것도 그에겐 그저 '편집이 재밌어서'였다.

나는 그가 무언가에 그렇게 몰두했을 때의 눈빛이 참 좋았다. 숱 많은 검은 속눈썹 사이로 번쩍이는 검은 눈동자가 좋았다. 어쩌면 난 9년 전, 밀려오는 푸른 새벽을 맞으며 밤샘 편집을 했던 그날부터 S를 좋아했던 것일지도 모른다. 편집에 열중한 S 옆에서 그의 눈두덩이를 바라보다 잠들어버린 그날 새벽부터.

부토니에를 단 흰 셔츠에 땀자국이 번진 신랑의 목덜미를 바라보며, 나는 문득 언제부터 우리가 서로를 생각해왔는지 궁금해진다. 2010년 봄, 스물다섯의 우리가 과연 9년 후 오늘 제주도 김녕 해변에서의 셀프 웨딩 촬영을 상상이나 했을까. 지금이라도 그날, 아침 햇살에 눈을 찌푸리며 편의점을 찾아 끼니를 때우던 S와 나에게 말해주고 싶다.

"야, 너네 결혼한다? 대박이지. 너네 지금부터 쭉 함께하는 거야. 10년 뒤에 너흰 평생을 함께할 부부가 될 거야."

2010년 6월. S, I와 함께 제작했던 단편영화 상영을 무사히 마치자, 어느덧 여름이 성큼 다가왔다. '고급 영상제작' 수업의 마지막 과제는 자유 영상 제작이었는데, 나와 S는 우연히도, 공교롭게도, 이 과제마저 같은 조가 되었다.

마지막 과제의 첫 조모임에서, 나는 불쑥 S에게 연출을 해보라고 권유했다. 프로듀서였지만 연출 욕심도, 실험 정신도 많았던 지난 과제 때 S의 모습이 떠올랐다. 항상 앞장서기보다는 뒤에서 뒷받침하는 리더였던 S지만, 한 번쯤 나서서 키를 잡는 감독을 해보는 것도 좋지 않을까?

　"너 잘할 것 같아."

　S가 너무 쑥스러워할까 봐, 나는 괜히 먼저 팔꿈치로 그를 툭 치며 말했다. 다른 조원들도 흔쾌히 S가 감독을 하면 잘할 것 같다며 용기를 실어주었다. 우리 모두 마지막 과제쯤 되자, 이제 한두 번씩 조모임이 겹쳐 서로 얼굴을 익히고 소주 한잔해본 사이였다. 예전의 어색한 눈치 게임 같은 역할 분담은 없었고, 조원들은 서로가 각자 어떤 분야에 자신이 있는지 알고 있었다. 그러나 S는 여느 때처럼 다른 조원들의 얼굴을 먼저 둘러봤다. 그에게는 자신의 욕심보다 타인의 의견이 우선이다.

　"제가 정말 연출해도 이의 없으신 거예요?"

　그들의 승인을 받았다는 것을 눈으로 확인한 후에야, S는 나를 보며 가볍게 고개를 끄덕였다. 지금 생각해보면 나는 단지 그가 연출하는 모습이 보고 싶었던 것일지도 모른다. 매우 이기적인 욕심으로, 다시 S가 무언가에 몰두하는 모습을 보고 싶었던 것이 아닐까.

   음악을 좋아하던 S는 자유 영상 과제로 뮤직비디오 장르에 도전해보고 싶다고 했다. 음악도, 내용도 정해지지 않았지만 그는 불쑥 나를 바라보며 묻는다.

  "문경아, 조원들 중에 배우가 있는데 우리가 바깥에서 찾을 필요 없잖아?"

  "뭘?"

  "난 네가 했으면 좋겠는데."

  "내가 뭘? 나더러…… 출연하라고?"

  S는 그의 때 묻은 청색 가방에서 작은 디지털카메라를 꺼내며 말한다.

  "응, 네가 이번 과제에선 배우를 맡아주면 좋을 것 같아."

  손바닥만 한 크기의 은색 똑딱이 카메라에는 몇 군데 작은 흠집이 나 있다. 그가 새끼손톱만 한 전원을 누르자 렌즈가 윙 소리를 내며 앞뒤로 움직인다.

  "같이 장소 헌팅 다니면서 구상해보자. 내 카메라로

널 찍어볼게.”

　나는 S의 손에 들린 디지털카메라와 S의 얼굴을 번갈아 쳐다보았다. 나야 배우로 출연하면 더할 나위 없이 좋지만, 연출을 맡은 S가 직접 나를 찍겠다니 괜히 조금 쑥스러워진다. 나는 그때까지 영상 연기보다는 연극 연기 경험이 훨씬 많았고, 뮤직비디오 출연은 처음인 셈이었다. 혹시 내가 S가 기대했던 것만큼 해내지 못하면 어떡하지. 아니, 잠깐만. 뮤직비디오는 전지현 같은 사람이 나오는 거 아니야? 키 170센티미터 이상 되어야 하는 거 아닌가? 게다가 어딘가 가련해야 되잖아. 긴 머리 바람에 휘날리고 막. 나는 솔직히, 씁쓸하지만 그 어떤 항목에도 부합되지가 않는데!

　머릿속에 여러 생각이 스치는 동안, S는 나의 표정을 살피며 답을 기다리고 있다. 나는 나의 주눅 든 조바심을 감추려, 괜스레 손가락으로 코끝을 문질러본다.

　“그래, 뭐. 재밌겠다!”

　속마음하고는 전혀 다른 말을 내뱉으면 어쩌자는 건가. 그렇게 나는 S의 캐스팅 제의를 쿨하게(?) 수락하고 말았다.

6월의 물기 가득한 바람을 가로지르며, 우리는 뮤직비디오 촬영 장소를 낮이고 밤이고 함께 찾아다녔다. 당시에는 지도 앱은커녕 스마트폰 자체가 없었으니, 각자 한 손에 휴대전화를 쥐고 걸을 일도 없었다. 우리는 앞만 바라보고, 아니, 가끔 옆에 선 서로의 옆모습을 힐긋 보며 보폭을 맞췄다. 수업이 일찍 끝났던 어느 오후, 우리는 예쁜 골목길을 찾겠다는 일념하에 연희동과 노고산동을 걷고, 버스를 타고 명동까지 서울 시내 투어를 했다. 해 질 녘까지 걷자 샌들 앞코에 삐져나온 발가락 사이로 검은 때가 꼈다.

여름 해는 느지막이 저물었다. 북적이는 명동 시내를 지나자, 한적한 언덕길이 이어진다. 길고양이들이 하나둘씩 우리를 바라보다 쏜살같이 어딘가로 사라진다. 길녘에는 노을이, 노을 위에는 산들바람이 쏟아진다. 그리고 그 끝에는 빨간 지붕의 작은 극장이 우리를 기다리고 있었다.

"나 여기 와보고 싶었어. 삼일로창고극장."

나는 텅 빈 극장 앞 매표소에서 허공을 휘젓고 있는 바람개비를 바라본다. S는 뭘 하고 있지? 뒤돌아보자, S는 카메라로 나인지, 하늘인지 모를 풍경을 찍고 있다. 나는 잠시 멀뚱히 그를 바라보다가, 어딘지 민망한 마음에 다시 바람개비 쪽으로 고개를 돌린다.

"바람에 네 머리카락이 휘날리는 게 참 좋아."

S가 렌즈에서 눈을 떼지 않은 채 나에게 말한다. 내 머리카락? 그냥 부스스한 파마머린데. 나는 그의 돌직구 칭찬에 괜히 멋쩍어져, 피식, 얼굴을 구기며 웃어버린다. S가 다시 셔터를 누른다. S는 내가 카메라 렌즈를 향해 돌아볼 때, 어깨 위로 흔들리는 나의 단발머리가 좋다고 했다. 나의 머리카락이 노을 속에서 휘날리는 모습이 좋다고.

찰칵, 찰칵, 찰칵.

그렇게 그의 은색 디지털카메라로 내 모습을 찍기 시작했던 2010년 어느 여름날부터 지금까지, S는 나를 사진으로 남기고 있다.

4학년 1학기를 마치고 맞이한 스물다섯의 여름. '고급영상제작' 수업은 종강했지만, S와 나는 마음이 잘 맞던 촬영감독 I와 함께 '서울라이트필름'이라는 영화 제작 단체를 만들었다. 대학 졸업 후, S는 취직을 하고 나는 작은 역할로 영화, 드라마에 출연하기 시작했지만 '서울라이트필름'은 주말에 모여 촬영을 했고, 그렇게 우리는 5년 동안 총 네 편의 영화와 한 편의 다큐멘터리를 제작했다. 돌이켜보면, 이제 제출해야 할 과제도 없는 졸업한 조모임 멤버들이 5년 동안이나 함께 영화를 만들어왔다는 건, 지나가는 재학생이 들으면 고개를 절레절레할 만한 일이었다. 그러나 과제부터 시작했다지만 우린 분명 치열했으며, 영화 제작에 대한 열정이 흘러넘쳤고, 무엇보다도 함께 영화를 만드는 시간이 더할 나위 없이 즐거웠다. 그렇다, 그 무엇이 즐거움을 이길 수 있을까.

세월이 흘러, 철가방에 든 PD150 카메라는 HD화질 DSLR로 바뀌었다. 이제 편의점에서 16밀리 테이프를 사서 호주머니에 찔러 넣을 일도 없었다. 필름 테이프는 점점 시중에서 구하기 힘든 골동품이 되었고, 우리의 20대가 고스란히 담긴 테이프들은 운동화 상자에 켜켜이 담겨 옷장 속으로 퇴장했다. 줄곧 폴더폰으로 버티던 S와 나도 2011년부터는 스마트폰을 쓰기 시작하며, 촬영 장소를 답사한 사진들을 바로바로 스태프들과 공유할 수 있었다. 예전에는 카메라를 들고 휠체어를 타며 찍던 액션컷을 실제 레일을 깔아 그럴싸한 달리 숏을 구현해보기도 했다. 어디 그뿐이랴. 기어이 5미터 길이의 수직 촬영용 지미집 장비까지 교내 극장에 잠입시켜 I가 리모컨으로 조정하며 촬영했다는 사실은…… 아직까지도 우리가 용케 해냈다고 자부하는 업적이며, 학교 총장님이 아시면 펄쩍 뛸 사건이었다.

그렇게 20대가 저물 때까지 우리는 함께 영화를 만들었다. S와 나는 함께 영화를 만들면서 수많은 골목길을 거닐었고, 서로를 옆에 두고 긴 대화를 나누었다. 흘러가는 계절처럼, S의 존재는 나에게 익숙한 풍경이 되었다.

서른을 코앞에 둔 20대 마지막 가을. 기분 좋은 가

을바람 속 술 한잔 기울이던 해방촌에서, 나는 S에게 진지하게 물었다. 아마도 우리가 교제하기 시작한 지 2년 정도가 흐른 시점이었을 것이다. 10월, 계절은 아름다웠지만 우리는 흠뻑 젖은 옷을 걸친 채 긴 여름 길을 걸어온 사람들처럼 지쳐 있었다. S는 직장 생활로, 나는 연이어 떨어지는 오디션으로, 그리고 서른이라는 나이 앞에서.

"S야, 넌 야망이 뭐야?"

"야망? 웬 야망?"

"넌 야망 같은 거 없어? 꿈 같은 거. 지금 하는 일 말고도."

S가 나를 의아하다는 듯이 쳐다본다.

"나는 배우로서 성공하는 거? 인정받는 게 나의 야망이고. 그 왜, 우리 과 동기 J 기억나? 걘 얼마 전에 퇴사하고 MBA 하러 미국 갔대. 다녀와서 스타트업 한다네. 걘 그런 야망이 있더라고."

그는 앞에 놓인 술잔을 기울이다가 다시 제자리에 놓는다. 그리고 나를 바라본다, 무슨 말인지 알겠다는 듯이.

"아, 그런 야망."

내가 그를 바라보자 그가 입을 연다.

"넌 내가 어떤 야망이 있었으면 좋겠는데?"

나는 아무 말도 하지 못한다. 나는 그저 궁금했던 것이다. 내가 사랑하는 S의 가장 큰 열정이 뭘까. 정말 이루고 싶은 인생의 목표는 뭘까. S는 언제나 나의 꿈을 이해하고 응원해주었지만, 정작 그의 입에서 그가 인생을 통틀어 이루고 싶은 야망 같은 것이 있는지는 들어본 적이 없었다. S는 잠시 고개를 젖혀 하늘을 바라본다. 그러고는 슬쩍 고개를 옆으로 기울인다. 까딱. 그가 무언가를 골똘히 생각할 때 나오는 습관이다.

"내 꿈은 행복한 가정을 이루어서 사는 거야."

가로등 불빛이 S의 이마로 쏟아져 번쩍거린다. 그 위로 그의 머리카락이 하나둘 갈대처럼 흩어진다.

"아무리 돈을 많이 벌고, 사회적으로 인정을 받아도 행복한 가정을 이루지 못해서 힘들어하고 낙담하는 사람들이 많잖아. 사람들은 행복한 가정을 이루는 게 얼마나 힘든 일인지 모르는 것 같아. 우리 사회가 돈과 명예에 더 큰 가치를 두니까."

그는 자신의 말을 확신한다는 듯, 아니면 마치 그 사실을 지금 발화하며 동시에 깨달았다는 듯, 고개를 끄덕인다. 나에게 이야기하는 것이 아니라, 마치 자신에게 되뇌는 것처럼.

"어쩌면 가장 어려운 일일 수도 있거든, 건강한 가정을 꾸리는 거. 사랑하는 가족이 마음 편히 꿈을 이룰 수 있도록 지지할 수 있는 사람이 되는 거. 그게 내 야망인 것 같아."

나는 멍하니 S를 바라보았다. 갑자기 무언가 시큰한 것이 올라오는 것 같다. 왠지 모르게 부끄럽기도 하다. 나 왜 갑자기 부끄럽지?

"그러니까 넌 네 꿈을 충실히 지키면 돼."

S의 마지막 말이 스며든다.

그는 내가 무턱대고, 때로는 무모하게 꿈을 꾸는 것을 지켜봐왔다. 졸업 후, 사비를 털어 대학로 소극장에서 연극을 올릴 때에도 초등학교 동창부터 직장 동료까지 전부 동원해서 객석을 메워줬다. 처음으로 대사가 한마디 있던 드라마 촬영을 하러 기차를 타고 논산으로 향했다가 일곱 시간 대기 후, 찍지도 못하고 다시 기차를 타고 올라오는 길에도, 줄곧 그는 검은 모자를 쓴 채 내 옆자리를 지켰다. 어쩌면 S는 나를 단지 응원하는 정도가 아니라, 오랜 세월 동안 나와 함께 꿈꿔왔던 걸지도 모른다. 그저 묵묵히 나를 바라보고, 고개를 끄덕이며 '너 잘하고 있어'를 읊조리는 모습으로.

그의 꿈에 힘입어 나의 꿈이 견고해진다. 그는 이미 실제로도 본인의 야망을 좇아 실현하고 있었다. 나의 든든한 버팀목이자, 의지하고 기댈 곳, 그리고 우물쭈물하고 있을 땐 등을 밀어주는 고요한 동반자로.

나의 꿈을 지키는 것이 본인의 꿈이라고 말하는 S 옆에서, 나는 더 이상 두려울 게 없다.

제주도 김녕 해변의 수평선 가까이, 햇살이 닿은 바닷물이 반짝이기 시작했다.

오늘은 날씨가 안 도와주는구나, 하며 슬슬 촬영을 접으려던 우리 두 사람의 마음을 알아차리기라도 한 듯, 줄곧 숨어 있던 오후의 해가 먹구름 틈새로 줄기를 쏟아낸다. 밤처럼 어두웠던 바다 위로 윤슬이 흐른다.

"S야, 저기 봐. 진짜 예쁘다."

잠시 땀을 식히던 S가 다시 카메라를 들었다.

"이제야 해가 나오네. 지금이 골든 타임이야. 지금 찍어야 돼!"

나는 고개를 돌려 카메라를 든 S를 바라본다. 그의 흰 셔츠에는 부토니에가 꽂혀 있다. 땀에 젖은 내 정수리에는 흰색 베일이 긴 꼬리처럼 매달려 있다. 9년 전 삼일로창고극장 앞에 서서 서로를 바라보던 스물다섯의 우리가, 서른이 훌쩍 넘은 지금, 낯선 신랑 신부의 옷을 입고 노을 속에 선 서로의 익숙한 얼굴을 바라본다. 나는 어딘지 벅차오르는 마음에 그에게 냅다 외친다.

"잘 찍어줘야 돼! 우리 결혼식장에 세워놓을 거니까!"

내가 사랑하는 S가 있는 저 풍경 너머로, 네발자전거를 열심히 밟으며 지나가던 동네 꼬마가 우리를 한참 바라보다 유유히 사라진다. 돌집 사이사이로 지나가며 짖던 동네 개들도 잠잠하다.

잠시, 우리 둘은 김녕의 해변에 단둘이 남는다.

○
결혼식을 네 시간 앞둔 미용실에서, 웨딩드레스를 입고 마지막 문장을 썼다. 그날부터 우리는 또 어떤 골든 타임을 맞이하게 될까.

봄비

거실 창문을 열자 봄비 소리가 들려왔다. 후두둑후두둑 아직 몽우리가 부풀지도 않은 가지 사이로 비가 내린다. 열흘 만인가. 아니 한 달 만인가. 뿌연 먼지에 덮여 숨죽이고 있던 서울 도심이 이제야 숨을 쉬는 듯하다. 요란스럽지 않지만 차분하지도 않은, 가볍지만 또렷한 낙하의 소리. 봄비다. 단비다.

비가 오니 아까 문득 올려다본 하늘에 점점이 보이던 흰 매화가 생각난다. 맞아, 매해 분홍 벚꽃이 피기 전에 저들이 먼저 흰 팝콘처럼 피어올라 있었다. 어제도, 그제도 본 적 없던 아이들이. 그들은 지금 이 봄비를 맞고 떨어졌을까. 세상에 나오자마자 끼얹어진 찬물을 온몸으로 버텨야 한다니 퍽 잔인한 4월이다.

봄비에는 유난히 귀를 기울이게 된다. 고등학교 때, 비만 오면 신나 하던 친구가 있었다. 유난히 보라색을 좋아해서 비만 오면 여느 노래 가사에 나올 법한 연보라색 우산을 도르르 돌리며 앞장서서 걸어가곤 했다. 평상시에는 걸음도 느리고, 목소리도 작고, 이미 30년은 산 사람처럼 눈 아래 다크서클이 짙던 열일곱 살 그녀가 비오는 하굣길이면 깡충깡충 뛰며 무척 신나 했었다.

"비가 도대체 왜 좋아?"

"그냥. 빗소리 좋잖아."

그녀의 '그냥'이라는 말과 어울리지 않게 유난히 반짝이던 눈망울이 아직도 선명하다.

우리 가족은 내가 중학교 3학년이 되던 해에 미국 뉴저지 북부, 버겐 카운티로 이사를 갔다. 서울 도심에서 생활하다 작은 마을에 정착한 우리 가족에게, 3년 간의 미국 생활은 상상했던 것보다도 훨씬 '컨추리 스타일'이었다. 그도 그럴 것이, 초여름만 되면 뒷마당 너머로 흐르는 개천 위로 반딧불이가 날아올랐고, 겨울엔 배꼽까지 쌓인 눈 속에 대자로 누워 시리도록 푸른 하늘을 바라볼 수 있었다. 봄, 가을에는 몸집 큰 거위들이 무리 지어 학교 앞 물가에서 노닐었다. 청설모는 동네 개미 수만큼 많았고, 가끔 스컹크의 희고 검은 꼬리가 느릅나무 가지 사이로 사라졌다 나타났다.

생명의 태동이 그대로 느껴지던 작은 마을, 테너플라이Tenafly에 비가 내리면, 하천 옆에서 무리 지어 시도 때도 없이 끼억끼억대던 거대 거위들도 날개를 오므리고 가만히 빗소리에 귀를 기울였다. 어린아이만 한 몸집의 거위 무리를 우리는 꽤나 무서워해서, 단 한 번도 가까이 다가가 놀래주거나, 관찰할 엄두를 내지 못했다. 그 거위들은 아직도 마을 하천 옆에서 울고 있을까. 우리 중 가장 일찍 결혼한 그 친구는 여전히 비를 좋아할까. 아직도 비 오는 날엔 연보라색 우산을 들고 다닐까.

비와 관련한 어린 시절 기억은 조금 더 선명한 촉감으로 남아 있다. 5년을 다니고 졸업했던 오사카의 한인 학교는 그때 내가 50기였고, 건물은 50년은 훌쩍 넘어 보이는 3층짜리 교사校舍였다. 건물을 지었을 당시, 그러니까 2차 대전 후 1950년대 초반에 지어진 일본 소학교 구조가 으레 그랬는지는 알 수 없지만, 우리 학교 건물은 한쪽 벽이 존재하지 않는 반 야외 구조였다. 오래된 동남아 리조트에 가면 볼 수 있는 야외 복도 구조로, 아마 여름이면 꽤 습하고 더워지는 오사카의 날씨에 적합한 건축 양식으로 지으려 했던 것 같다. 교실에서 선풍기가 덜덜덜 돌아가던 기억은 나는데, 에어컨은 없었다. 문을 열고 들어가면 교실 벽은 있었으나, 복도 쪽에는 벽이 없이 쇠로 된 130센티미터 높이 정도의 난간만이 세워져 있었다. 3층짜리 교사의 가장 높은 층은 고학년 교실, 2층은 저학년 교실, 1층은 실습실 및 식당이었고, 급식 시간이 되기도 전부터 1층 부엌에서 끓이는 매콤한 카레 냄새가 3층까지 올라오곤 했다. 건물의 반이 뻥 뚫려 있다 보니, 비가 거세게 올 때에는 복도가 물바다가 되었고, 우리의 실내화는 흠뻑 젖어 초록색 고무를 깔아놓은 복도를 뛰다간 미끄러지기 일쑤였다. 다시 생각해보니, 초등학교 건물치고 꽤 위험한 구조였던 것은 확실하다.

하지만 붉은 벽돌로 반듯하게 지어진 옆 일본 소학교 건물보다 50년 된 우리 한인 학교 건물이 놀거리는 많았다. 비가 오는 날에는 회색의 철제 난간 아래로 빗방울이 대롱대롱 고였고, 우리는 일제히 난간 아래를 검지로 찔러 그 빗방울들을 터뜨리며 놀았다. 서로에게 빗물을 끼얹기도 하고, 손목과 팔뚝 안쪽을 타고 흐르는 물줄기를 스윽 짝꿍의 체육복에 닦기도 했다. 해가 나면 난간 아래로 매달려 있던 빗방울들이 반짝이는 것을 쳐다보았다. 운동장에 나가지 않아도, 비가 내릴 때에는 빗방울에 젖어보고 햇살이 내릴 때에는 하늘을 바라볼 수 있는 학교였다.

우리 학교에는 한 학년에 한 반밖에 없었다. 복도에서 함께 뛰놀고 함께 비를 맞던 아이들은 여덟 살부터 열세 살까지 무르익어가는 서로의 얼굴을 바라보며 자랐다. 아직도 선명하게 기억하는 반 친구들의 목소리, 그들의 교복 셔츠, 젖은 양말. 일본 이름과 한국 이름이 섞여 꽤 재밌는 발음들이 넘쳐나던 출석부. 비 오면 도서관에서 나던 헌책의 고소한 종이 냄새. 화장실 창문 밖으로 보이던 벚꽃 봉오리.

1999년, 우린 졸업식이 끝나고, 스무 살이 되면 교문 앞에서 보자는 편지와 서약서를 써서 타임캡슐에 넣었었다. 그리고 운동장에 묻는 대신, 걸상 위를 밟고 올라가, 6학년 교실 천장에 난 구멍 속에 쏙 넣었다. 그 타임캡슐은 아직도 교실 천장 위에서, 21세기가 20년이 흐른 지금도 6학년 학생들을 지켜보고 있을까. 우리가 성인이 되던 날, 교문 앞에서 우리 중 누군가는 설레는 마음으로 서성였을까…….

봄비 덕분에 어린 시절을 그리워하던 것도 잠시, 빗소리를 듣기 위해 열었던 창문 사이로 찬바람이 불어들어온다. 경쾌하고 기분 좋았던 비바람이 그새 불편해진다. 춥다. 창문을 닫을까? 아니야, 오랜만에 듣는 빗소리, 실컷 한번 들어보자. 춥지만 빗소리를 듣고 싶어서 창문을 열어놓는 이 상황이 우습지만, 봄밤이라기엔 아직도 추운 이 계절은 대체 언제 따뜻해지려는지 모르겠지만, 그래도 불편하면서 행복하다. 원래 환절기에는 항상 이런 모순을 겪는 법 아니겠어.

모든 성장과 변화에는 모순과 불편함이 따른다. 가끔은 그 불편함 따위 모르던 어린 시절이 그립다. 빗방울에 체육복이 젖어서 팔뚝에 달라붙어도 아랑곳하지 않던 시절이. 불편함이 아무렇지도 않던, 아니, 그저 노느라 비도 햇살도 바람도 변하는 계절도, 그 어떤 것도 나를 불편하게 만들지 않던 무구하던 시절이. 나도 나이를 먹었나, 뭐 이리 다 그리운 건지.

하지만, 여지 없이 봄은 오고 있다.

봄이라

꽃 피는 봄이 오면, 이라는 구절이 있다.

그런데 꽃 피는 봄이 오면, 꽃 지는 봄이 온다.
피어남에 가려져 떨어짐이 잊히지만,
매년 봄에는 꽃이 피고, 또 진다.
피어남만큼이나 떨어짐도 있다.
만개가 있어 추락이 따라온다.
환희와 절망이 엎치락뒤치락 흙바닥을 뒤섞는다.

어떤 이들은 봄이 시작이라고 말한다.
하지만 시작해보고 끝나본 사람들은 안다.
봄의 끝은 꽤 서럽다는 걸.
시작도 있지만 끝도 품은 계절,
그 속에 저만의 계절을 사는 게 바로 봄이다.

아무튼, 봄에는 시작을 해야 한다. 그래야 끝을 보니까.

2장

우아한
현장

우아한 현장

영화 〈동주〉(2015)를 촬영하며 발견한 것은, 연극에서만 존재한다고 생각했던 과정의 미학이었다. 그동안 상업영화 촬영 현장에서는 각 분야의 스태프와 배우 들이 고군분투하며 각자의 퍼즐을 맞추기만 하면 되는 줄 알았다. 연기자는 연기를 잘하면 되고, 연출부는 일일 촬영표를 잘 짜면 되고, 스크립터는 기록을 정확하게 하면 되고. 그런데 〈동주〉 현장에서는 우리 모두가 한 지점을 향해 서로의 보폭에 맞추어 천천히 다가가고 있는 듯한 기분이 들었다. 각자의 자리에서 최고치의 능력을 발휘할 수 있도록 서로를 존중하는 마음들이 모여, 비가 오면 함께 비를 피하고, 햇살이 내리면 함께 올려다본다. 저 숲속 푸른 사슴이 그늘 아래로 미끄러져 올 것 같은 소록도의 자연 아래, 조명기를 들고, 카메라를 들고, 분첩을 쥐고, 우리 모두 한곳을 바라보며 다가간다. 함께 전진하는 동시에 우리는 각자의 목표뿐만 아니라 서로에게로 다가가고 있다. 그렇게 한 명 한 명의 마음속 흑백사진으로만 존재했던 윤동주 시인의 얼굴들이 점점이 모여, 하나의 섬이 되어간다.

문득, 몇 년 전 함께 작품을 했던 최재현 배우의 말이 떠올랐다. 한겨울 경기도 여주의 어느 숲속에서 해 질 녘까지 뛰는 장면을 찍던 우리는, 잠시 숨을 고르며 저 멀리 앙상한 자작나무를 바라보고 있었다. 지금 우리, 잘 찍고 있는 건가. 몇 번째 테이크인가, 얼마나 더 뛰어야 오케이 사인이 나오나. 관절의 마디마디가 아우성치던 그때, 갑자기 그가 내뱉은 한마디.

"희서야, 우아하다는 말의 정의가 뭔 줄 알아? 명확하게 본질에 다가갔다는 거야. 그게 우아한 거야."

난 하얗게 질린 얼굴로 그를 바라보며, 이 오빠도 참 독특한 사람이군, 생각했었다. 그런데 갑자기 설산에서 내뱉은 습한 입김 같은 그의 말이, 세월이 지나 소록도의 아침, 3회 차 남은 영화 〈동주〉의 촬영 현장에 다다랐다. 여태껏 어디에도 써본 적이 없는 '우아하다'는 형용사는 바로 지금, 50명의 스태프와 배우가 머리를 맞대고 영화의 마지막 장면을 향하고 있는 이 현장에 어울리는 말일지도 모르겠다.

끝이 보일수록 모두 숨죽이며 다가가고 있다. 이 끝에서 우리를 기다리는 게 무엇일지 모르겠다. 시인 윤동주일까, 그의 시일까, 한 편의 영화일까. 아니면 그 무엇보다도, 그들을 향해 전진했던 우리 모두의 모습일까.

우리의 만남은 우연이 아니야

새해가 며칠 남지 않은 어느 겨울날. 뽀얀 수증기로 창문이 뒤덮인 국숫집을 지나, 구기동의 어느 영화사 사무실에 다다랐다. 영화 〈동주〉의 첫 미팅, 이준익 감독님을 처음 뵙는 날이다. 나는 떨리는 가슴을 꾹꾹 누르며, 천천히 영화사 사무실 계단을 오른다. 그런데 계단을 오르면서도 아직도 믿기지 않는다.

'내가 지금, 그분을 뵈러 가는 게 맞는 거지……? 세상에, 나한테 이런 날이 오다니.'

그도 그럴 것이, 당시 소속사도 없이 혼자 연극과 독립 영화를 오가며 활동하던 신인 배우인 내가, 한국 영화계의 거장인 이준익 감독님과 미팅을 한다는 것은 상상도 할 수 없는 일이었다. 내가 이준익 감독님을 뵈러 이 계단을 오르고 있다는 현실은, 그로부터 몇 달 전, 〈동주〉의 제작자이자 각본가인 신연식 감독님과의 신기한 만남이 초래한 기적이라고밖에 생각할 수 없었다.

　2014년, 나는 오디션마다 낙방했지만 어떻게든 경력을 쌓으려 전전긍긍하는 스물아홉 살 배우였다. 아무도 날 캐스팅하지 않겠다면, 내가 출연할 연극을 직접 제작하지 뭐. 그렇게 그해 4월, 나는 당시 나와 비슷한 처지였던 손석구 배우와 함께 사비를 모아 공연을 준비하게 되었다. 우리가 벌인 판이니 책임지고 좋은 공연을 보여줘야 한다는 생각에 매일 연습을 했고, 나는 연습실로 가는 지하철 안에서도 대본을 놓을 수가 없었다. 그러던 어느 날, 대화행 3호선 열차에서 대사를 중얼거리며 외우고 있는데, 우연히 신연식 감독님이 맞은편에 앉게 된 것이다. 혼자 대사를 중얼대는 나를 물끄러미 바라보시던 신 감독님은 '같은 역에서 내리면 저 배우에게 명함을 줘야지', 생각하셨고, 우린 정말로 같은 경복궁역에서 내리게 되었는데……!
　"길에서 누구한테 명함 주는 건 처음인데요. 배우시죠?"
　"네? 네에."

1번 출구로 후다닥 올라가던 나의 뒤통수를 두드린, 신연식 감독님의 나긋한 목소리.

"저는 감독인데요. 아까 지하철에서 열심히 연습하시는 모습이 인상 깊어서. 명함에 적혀 있는 제 이메일 주소로 프로필 한번 보내주실래요?"

그날, 나는 고개를 갸우뚱하면서도 신연식 감독님의 명함을 그대로 손에 쥐고 연습실로 향했다. 희한한 일이었다. 하루빨리 대사를 암기해야 해서 대본을 읽으며 중얼거린 것이었는데, 그 모습을 보고 명함을 준다니…… 이런 게 운명인 건가? 인연인 건가? (나중에야 말씀해주셨지만, 그날 내가 너무 '미친 사람'처럼 대본에 몰두한 모습이 '신기해서' 말을 거셨다고 한다.)

그렇게 경복궁역에서의 운명적인(?) 첫 만남으로부터 몇 달 후, 신 감독님에게서 전화가 왔다.

"희서야, 일본어 잘한다고 했지? 지금 이준익 감독님이랑 준비하는 작품에 일본인 여자 역할이 있는데, 내가 너를 추천했거든?"

'대박 사건'이다. 캐스팅이 되든 안 되든 대박 사건이다. 이준익 감독님이라니. 아니, 캐스팅이 될 수도 있겠지? 왜냐하면…… 그렇게 운명적으로 신연식 감독님과 같은 지하철을 탔고, 같은 역에 내려서, 명함을 받고 연락처를 건넸으니! 그래, 이런 만남은 우연일 리 없어!

노래의 한 구절을 되뇌며, 나는 이 낯선 동네의 낯선 사무실 계단을 올랐다. 시멘트 계단 끝에 중문이 있고, 그 중문부터 다시 시작되는 나무 계단을 올라 드디어 영화 〈동주〉 제작사 사무실 문 앞에 다다랐다. 사무실 문은 통유리다. 유리문 너머로 가장 먼저 이준익 감독님이 보인다. 수증기로 가득 찬 국숫집처럼 머릿속이 하얘졌다.

"쿠미는 실존 인물이 아니라서 성이 없어. 성 하나 지어볼래?"

이준익 감독님의 첫 질문이었다. 당황스러웠다. 아니, 연기 한번 해볼래? 시나리오 어떻게 읽었어?도 아니고…… 이 일본 여성 캐릭터 성 좀 지어볼래?라니. 그러나 우물쭈물하면 안 된다. 이것도 일종의 테스트일 수 있어. 가장 먼저 떠오른 성으로 자신 있게, 뱉어

보는 거야.

"후카다 어떠세요?"

"후카다? 실제로 있는 성이지?"

"네, 많이 있어요. 그렇다고 아주 흔한 건 아니고요……."

결국, 우물쭈물해버렸다. 감독님은 나를 슥, 보고는 고개를 끄덕이시더니 본인의 책상에 놓인 종이와 펜을 건네며 "써볼래?" 하셨고, (아주 다행히도) 나는 '후카다'라는 성의 한자를 알고 있었다. 일본의 유명 배우 후카다 쿄코의 성이었고, 그녀의 성은 (정말 다행히도) 일본에서 초등학교 2학년 때 배우는 가장 기본적인 한자로 이루어져 있었으니.

"깊을 심에 밭 전 자구나. 후카다深田, 오케이."

감독님이 내가 쓴 한자를 보고 수긍하셨다. 아니, 수긍 이상으로 어딘지 마음에 드신 모양이다. 아아, 다행이다.

그 이후의 대화 내용은 워낙 머리가 하얘졌기 때문에 정확히 기억나지 않는다. 하지만 그날 이후, 나는 '후카다 쿠미'가 되었고, "후카다 쿠미입니다"는 영화 〈동주〉에서 나의 첫 대사가 되었다.

그렇게 나는 2014년 4월, 지하철에서 연극 대사를 외우다가 신연식 감독님을 만나게 되었고, 그해 겨울, 신연식 감독님이 제작하고 이준익 감독님이 연출하는 시인 윤동주의 영화, 〈동주〉에 캐스팅되었다.

그야말로, 영화와 같은 일이 나에게 벌어진 것이다.

감독 이준익

이듬해 2015년 3월부터 〈동주〉 촬영이 시작되었다. 19회 차의 촬영 기간 동안 나의 출연 회차는 6회 차, 즉 일주일도 되지 않았지만, 나는 그 외의 날들도 촬영 현장에 머무르며 다른 배우들의 일본어를 모니터링했다. 감독님 옆에 앉아서 모니터를 보고 있자니, 이 모든 게 초현실적이라는 생각이 들었다. 어릴 적, 비디오테이프가 늘어질 때까지 봤던 〈키드캅〉(1993)과 〈왕의 남자〉(2005) 감독님 옆에 내가 앉아 있다니. 아차, 감상에 젖어 있을 때가 아니다. 감독님께서는 옆에 앉아 있는 사람들에게 질문을 많이 하시기 때문에 넋 놓고 있을 순 없다.

"이번 테이크 좋았지, 희서야?"

"방금 일어 발음 듣기에 괜찮았어?"

감독님은 경력 10년을 훌쩍 넘는 스태프부터 이번

현장이 처음인 막내 스태프나, 배우한테까지 의견을 물으신다. 가끔 예상치 못한 의견이 나오면, "그렇게 생각하는 이유는?" 하고 질문에 질문을 더해서 작은 토론회가 열리기도 한다. 이러한 토론들은 모두 미처 발견하지 못했던 영화 속 숨겨진 진주를 찾는 과정이다. 감독님은 자주 과정이 결과보다 중요하다고 말씀하셨다. 열린 귀와 눈으로 묻고 답하며, 함께 영화의 한 신, 한 신을 만드는 과정. 함께 만드는 사람들을 향한 신뢰와 존중과 배려.

"난 현장에 있을 때가 제일 행복해!"

현장에서 줄곧 소년처럼 해맑게 웃으시며 촬영하시던 모습, 그것이 바로 내가 〈동주〉 현장에서 발견한 이준익 감독님이었다.

"박열, 가네코 후미코. 이 이름들 들어봤어?"

2015년 여름, 〈동주〉의 후시 녹음 자리에서 감독님은 대뜸 낯선 이름들에 대해 물으셨다.

"아뇨, 처음 듣는데요?"

감독님은 고개를 끄덕이며,

"아는 사람이 별로 없어. 근데 한번 검색해봐. 아니, 가네코 후미코 자서전을 사서 봐봐. 정말 대단한 커플이야. 정말 대단한 여자고."

바로 휴대전화로 검색했더니, 신기한 사진이 나온다. 흑백 사진. 기모노를 입은 두 남녀가 한 의자에 포개어 앉아 있다. 남자는 카메라를 응시한다. 그의 무릎에 앉은 여자는 무심하게 책을 본다. 남자의 왼손이 여자의 가슴에 닿을 듯하다. 파격적이다.

"아주 오래전부터 영화로 만들고 싶었는데. 이 사진을 처음 본 게 벌써 20년도 더 됐어."

감독님은 그렇게 말씀하시며 손가락으로 턱수염을 문지르신다. 그런 감독님의 얼굴을 무심코 바라보던 나는 문득, 지금 이 말을 그저 흘리면 안 되겠다는 생각이 들었다. 감독님께서 영화로 만들고 싶던 이야기, 영화로 만들고 싶던 인물들, 박열과 가네코 후미코. 갑자기 나에게 이 말씀을 꺼낸 데에는 분명 이유가 있을 터. 나는 그날 당장 책방에 들러 가네코 후미코의 자서전 《나는 나》(산지니, 2012)를 샀고, 신기하게도 슬로 리더라 자부하는 내가 그 자리에서 단숨에 끝까지 읽었다.

스물셋이라는 어린 나이로 자서전 한 권을 남기고 세상을 떠난 가네코 후미코. 학대받던 어린 시절을 이겨내고, 홀로 도쿄에서 고학하며 '나만이 할 수 있는 일'을 찾았던 후미코. 그 일이 조선인 아나키스트 박열 안에 있다고 확신하자, 그에게 인생을 걸었던 후미코.

"내가 사랑하는 모든 것에 축복이 있기를!"

그녀의 자서전 마지막 문장을 읽고 책을 덮으니, 마음 한편이 뻐근하게 아파왔다. 그것은 시리다기보다는 뜨거운 아픔이었다.

나는 감독님께 전화를 드렸다. 너무나 놀랍다고, 이 여성과 박열을 정말 영화로 만들어주시면 좋겠다고.

"그래? 안 그래도 시나리오 회의를 해볼까 생각 중이야. 희서 너도 관심 있으면 올래?"

정말요? 내가 무슨 도움이 될까?

"너도 관심 있다면 여자로서 가네코 후미코에 대해 네 생각을 얘기해주면 좋을 것 같아서."

사실, 도움이 되지 않더라도 가고 싶었다. 후미코의 자서전을 읽고 나니, 감독님께서 어떻게 이들의 이야기를 영화로 풀어내실지, 그 영화 탄생의 시초를 지켜보며 많은 것을 배울 수 있을 것 같았다. 며칠 후, 나는 감독님의 충무로 사무실을 찾아갔다.

충무로역 5번 출구를 빠져나오면 바로 오른쪽에 위치한 아주 오래된 건물. 공동 현관에 들어서서 항공사의 빛바랜 입간판을 지나, 3층으로 향하는 내 눈앞에 햇볕이 노랗게 스며든 아주 오래된 계단이 기다리고 있다. 이 계단을 오르면 이제 무엇이 기다리고 있는 것일까? 박열과 후미코는 왜 그런 사진을 남긴 채 역사 속에서 잊혀야만 했던 걸까. 둘은 서로를 진정 사랑했던 걸까? 이 둘의 이야기를 어떻게 영화로 만들 수 있을까.

아무도 답해주지 못할 질문들이 내 머릿속에 맴돌았다. 그들을 생각하며 한 계단 한 계단 올라, 드디어 사무실 문 앞에 도착했다. 똑똑, 묵직한 철문을 두드리자, 여느 때처럼 힘찬 이준익 감독님의 목소리가 들려온다.

"어서 와!"

8월의 어느 늦은 오후, 붉은 햇살이 쏟아지던 충무로의 낡은 사무실에서 그렇게 영화 〈박열〉(2017)이 시작되었다.

어디서부터 실타래를 풀어야 할까

〈박열〉의 첫 시나리오 회의로부터 1년이 지나는 동안 〈동주〉가 개봉했고, 〈동주〉는 많은 관객을 동원하며 그해 크게 주목받은 한국 영화 가운데 한 작품이 되었다. 그에 힘입어 나 또한 〈동주〉 이후 단편영화부터 상업영화까지 다양한 작품에 출연하며 알찬 한 해를 보냈다. 그러나 그렇게 바쁘고 감사하게 살다가도, 나는 오랫동안 소식이 없는 어릴 적 친구를 문득문득 그리워하듯 종종 후미코를 생각했다.

영화 〈박열〉의 제작 및 시나리오 회의는 2016년 여름부터 일시 정지 상태였다. 들려오는 소문으로는 얼마 전에 시나리오 1고가 나왔다는데, 이제 캐스팅 단계에 돌입하겠지. 나는 슬슬 조바심이 나기 시작했다. 후미코 역을 너무나 하고 싶었지만 나는 단 한 번도 이준익 감독님께, "감독님! 저 후미코 시켜주세요!"
라고 어필해본 적이 없었다. 아니, 어필할 용기조차
나지 않았다. 난 인지도도 없고, 주연을 해본 적도 없
는 서른 살 무명 배우다. 후미코는 20대 초반인데다
가 주인공 박열만큼이나 중요한 인물일 테니, 감독님
께서 날 선택하신다 하더라도 주위에서 말릴 게 당연
해……. 아니야, 그래도 일본어를 한다는 장점이 있
잖아 나는! 아니야, 그래도 괜히 어필했다가 감독님
과 나의 좋은 관계에 오히려 부담을 주는 격이 될 거
야…….

그 누구도 모를 조용한 나만의 싸움 끝에 점점 위축
되던 나는 가을이 짙어지기 시작한 10월, 훌쩍 제주도
로 떠났다. 여행의 마지막 날쯤이었을까, 비자림의 숲
길을 터벅터벅 걷고 있을 때였다. 갑자기 전화벨이 울
려서 보니, 〈동주〉와 〈박열〉의 조감독이다. 이 오빠가
웬일일까?

"희서야, 잘 지내지?"

"오빠, 오랜만이에요!"

짧은 안부 인사가 끝나자 조감독 오빠는 담담하게

이야기를 이어갔다.

"다름이 아니라, 우리가 〈박열〉 캐스팅 회의를 한 결과가 나왔는데……."

"……?"

"최종적으로 가네코 후미코 역이 너로 결정되었어. 혹시 겨울에 스케줄 잡힌 거 없니?"

"허…… 진짜요……?"

우와, 말도 안 돼.

"스케줄 없어요! 아시잖아요, 저 백수인 거!"

"이제 백수 아니네."

눈물이 핑 돌았다.

"축하해! 감독님께서 결정하신 거야."

감독님께서 나를 믿고 후미코를 맡겨주셨다니. 그동안 혹시나 감독님께서 신경 쓰실까, 자주 드리던 연락도 괜히 덜 하게 되었고, 내 욕심이 들킬까 사무실에 인사드리러 가기도 망설였다. 사실 애초에 〈박열〉 시나리오 회의를 함께했으니, 후미코 역 캐스팅으로 이어질 수도 있다는 기대를 하지 않은 것은 아니다.

그러나 대학을 졸업하고, 직업 배우로 살아온 수년간 나는 "함께합시다"보다는 "다음 기회에"라는 통보를 훨씬 더 많이 받았고, 이제 서른에 접어든 나의 요령은 행운을 기대하지 않는 것이었다.

그런데 모든 것을 내려놓은 순간, 이렇게 새로운 길이 열렸다. 연기를 떠나서 누군가가 나를 믿고 이렇게 큰일을 맡겨 준 적은 처음이었다. 감사하고 또 감사하다. 전화를 끊고 고개를 드니 눈앞에는 비자림의 흙길이 이어진다. 코끝이 찡해져 그 길을 걷는다. 그 끝에는 내가 태어나기도 전, 가네코 후미코가 태어나기도 전부터 그 자리를 지키던 늙고 힘찬 비자나무가 우두커니 서 있었다.

하지만 기쁨도 잠시. 영화 〈박열〉의 시나리오 초고를 읽고 나니 막중한 부담감이 어깨를 짓눌렀다. 후미코를 연기하는 것도 벅찬데, 이 많은 일본인 배역을 누가 연기할 것인지, 이 어려운 대사들을 어떻게 번역해야 할지 걱정되기 시작했다. 전문 번역가를 고용해도 되지만, 감독님과 나는 〈동주〉 때에도 인물의 감정선을 살리기 위해 따로 번역가를 두지 않고 작업을 했다. 나와 함께 배우 김인우 선배님이 대사 하나하나 토씨까지 고민해가며 번역을 했고, 윤동주의 시, 영화에 나오는 신문, 서적들 모두 내 손을 거쳐갔다. 구기동 사무실에 출근하면 연출부는, "희서야, 이거 오디션용 일본어 대사도 체크해줘" 하며 나를 찾았고, 문서 작업을 하고 있으면 미술부에서 "희서 씨, 선술집 간판으로 이렇게 한자 쓰면 되나?" 하고 세트부터 소품까지 확인했다. 제작비 5억짜리 저예산 영화였던 〈동주〉는 등장인물이나 미술, 소품의 수가 일반 상업영화보다 현저히 적었기에 나 혼자 커버할 수 있었다. 그리고 배우 이상으로 멀티플레이어가 된 기분도 나쁘지 않았다. 아니, 내가 많은 스태프에게 도움을 줄수 있다는 데에 보람을 느꼈다. 하지만 〈박열〉은 다르다. 제작비도 훨씬 많은 상업영화일뿐더러, 〈동주〉의세 배가 넘는 일본인 역할이 등장한다. 심지어 시나리오의 등장인물 모두 허구의 인물이 아닌 실존 인물이다. 더더욱 자료 조사, 캐스팅, 대사 번역까지 신중을 기해야 한다.

아, 큰일이다. 대체 어디서부터 실타래를 풀어야 하지? 이때, 감독님께서 제안을 하셨다.

"신주쿠양산박이라는 극단에 연락하자."

신주쿠양산박은 1987년에 극단 대표인 김수진 선배님을 비롯해 재일 한국인 예술가들이 중심이 되어 창립한 극단이다.

"김수진 씨랑 꼭 한번 작업해보고 싶었어. 극단에 훌륭한 재일 한국인 배우들, 일본 배우들도 많을 테니, 그분들과 함께하면 좋을 거야."

나 또한 일전에 TV에서 김수진 대표님에 관한 다큐멘터리를 본 적이 있었다. 도쿄에서 재일 한국인 예술가로 살아가는 그분의 자긍심, 연극을 향한 열정을 보며 언젠가 꼭 함께 작업하고 싶다고 생각했다. 나는 당장 신주쿠양산박의 극단 이메일로 대표님께 연락을 드렸다. 그리고 며칠 후, 도쿄에서 전화가 왔다. 호탕한 목소리의 김수진 대표님은 아주 흔쾌히 의미 있는 작품에 함께하고 싶다고 하셨고, 이로써 〈박열〉의 주요 인물 캐스팅이 순조롭게 시작되었다.

그러나 〈박열〉 제작의 난관은 비단 캐스팅뿐만이 아니었다. 1920년대 도쿄 거리와 감옥, 재판정까지 완벽히 재현하기 위해 당시 신문과 사진 자료가 필요했는데, 이 물색 작업은 극 중 후미코의 친구이자 불령사 동지, 니야마 하쓰요 역으로 캐스팅 된 신인 배우 윤슬이 도맡아 하게 되었다. 그녀 또한 나처럼 오사카에서 어린 시절을 보냈던 연기과 전공 졸업생으로, 첫 영화인 〈박열〉에서 연기뿐만 아니라 중요한 작업을 맡게 된 것이다. 〈동주〉에서 내가 홀로 했던 일을 이제 슬이와 함께할 수 있었고, 나에게는 그녀의 존재가 촬영이 끝날 때까지도 큰 의지와 위안이 되었다.

슬이가 당시 자료들을 《아사히신문》과 '일본 저작권협회'에 요청하는 동안, 나는 박열과 후미코의 재판 기록과 자서전 원문을 바탕으로, 시나리오를 일본어로 번역하기 시작했다. 그러던 어느 날, 일본에 국제전화로 자료를 요청하던 슬이가 전화를 끊고 상기된 얼굴로 다가왔다.

"언니, 아사히신문 직원이 박열과 후미코 기사들을 우리한테 보내주다 보니, 본인도 관심이 생겼나 봐요. 우리 영화 보고 싶다고, 일본에서도 개봉하는지 물어보시네요."

"정말? 일본 사람이라면 거부감이 있을 수 있는 사건인데."

전혀 기대하지 못했지만 반가운 일이었다. 일본에서 우리 영화에 관심을 가져주다니!

"일본 저작권협회 직원분은 더 적극적이세요. 1920년대 일본 역사에 대해 일본인들도 더 잘 알아야 한다면서, 박열과 후미코 사건은 이번에 처음 알게 되었지만, 영화가 어떻게 나올지 정말 궁금하대요. 일본 개봉이 안 된다면, DVD라도 보내달라고 하시네요."

〈박열〉은 이미 촬영 전부터, 나에게 영화 이상의 새로운 가능성을 보여주고 있었다. 우리가 지금 하는 일이 어쩌면 과거와 현재의 연결 고리가 될지도 몰라. 이 무모한 조선인 청년 박열과 일본인 여성 가네코 후미코의 이야기는 어쩌면 한국과 일본의 연결 고리가 될 수 있을지도 몰라. 아니, 이들은 이미 백 년 전에 국경을 넘어, 성별을 넘어 동지로서 서로를 사랑했으니, 이들의 존재 자체가 연결 고리였을지도 모른다. 일제의 탄압으로 재판 기록과 자서전이 훼손당해, 조선에서는 거의 알려지지 못한 채 사라져버린 이름. 그리고 비로소 이 영화로 세상에 소개될 두 이름, 박열과 가네코 후미코.

'영화가 완성되면 일본에서도 개봉하면 좋을 텐데.'

나 홀로 이런저런 생각에 사로잡혀 괜히 뭉클해지려는 순간, 슬이가 정신이 번쩍 드는 말을 했다.

"근데 언니, 우리 리딩 언제 해요? 이제훈 배우님은 그때 볼 수 있는 건가요?"

악! 맞다! 이제훈! 소리를 지를 뻔했다. 그렇다. 영화 〈박열〉의 박열 역은 이제훈이다. 까다로운 번역에 시달려 잠시 잊고 있었던 나의 본업, 나의 역할 가네코 후미코. 그리고 앞으로 현장에서 매일같이 호흡을 맞출 배우 이제훈, 박열을 생각하니 그 부담감이 이루 말할 수 없이 압도적으로 닥쳐왔다. 영화 〈파수꾼〉(2011) 때부터 줄곧 팬이었던 이제훈 선배와 함께 박열과 가네코 후미코를 연기하다니, 내 10년 배우 인생 최대의 기회, 행운이자 꿈의 실현 아닌가! 아니, 잠깐. 지금 내가 번역에만 집중할 때가 아니다. 밤샘이라도 해서 이제훈 배우의 박열에 다가갈 수 있는 후미코를 만들어내야만 한다. 그렇지 않으면 이제훈 배우에게도, 이준익 감독님에게도, 현장에 있는 모든 배우와 스태프에게도 누가 될 수 있다.

그렇게 여태껏 느껴보지 못했던 행복한 중압감에

가슴이 벅차오르던 가을이 가고, 어느덧 12월이 되었다. 〈박열〉 크랭크인이 한 달 앞으로 다가온 것이다.

생각과 마음

"후미코는 박열의 생각에 반했을까, 그의 마음에 반했을까?"

"후미코는 박열의 생각에 반했죠."

"그렇지, 그렇다면 이성을 만날 때 서로 생각이 통하는 사람들이 오래 갈까, 아니면 마음이 통하는 사람들이 오래 갈까?"

뿌연 먼지로 가득 찬 청평의 세트장 안. 미리 식사를 마친 나와 이준익 감독님은 조용한 세트장 안에서 따뜻한 믹스커피 한 잔을 손에 쥔 채, 모니터 앞 간이 의자에 앉아 있었다. 머지않아 촬영할 우리 영화의 클라이맥스 신, 최종 공판에서의 후미코 대사를 중얼거리던 나는, 잠시 연습을 멈추고 감독님의 질문을 곱씹어 본다.

"글쎄요…… 마음 아닐까요?"

"아니야, 왠 줄 알아?"

"왜요?"

"생각이란, 마음[心]을 일구어낸 밭[田]이야. 생각할 사[思] 자에서 볼 수 있듯이. 사람의 마음은 쉽게 변할 수 있지만, 생각은 마음을 일구어낸 밭과 같기 때문에 쉽게 변하지 않아."

정말 신기하다. 나는 줄곧 마음이 통하는 사람을 만나야 한다고 생각해왔는데, 감독님 말씀을 듣고 보니 그렇다. 마음보다도 생각이 같은, 가치관과 이념의 방향성이 같은 사람들이야말로 서로를 향한 사랑이 쉬이 변하지 않을 것 같다는 생각이 들었다. 사람의 '마음'이야 갈대와 같이 흔들릴 수도 있으나, 마음의 밭인 '생각'이 같다면, 변화하는 계절 속에서도 두 사람의 토지에 함께 발을 디디고 지킬 수 있을 터. 박열과 가네코 후미코의 사랑은 마음보다는 생각의 결합이었던 것이다.

"그러니까 후미코랑 박열이 옥중 투쟁을 하면서 서로를 만날 수 없어도, 최종 공판까지 함께할 수 있었던 거야. 서로의 생각이 변하지 않을 것을 확신할 수 있었기 때문에."

감성의 사랑이 아닌 이성의 사랑. 그의 본질과, 그의 생각과, 그의 삶의 방향성 그 모든 것을 사랑하는 일. 그것이 바로 박열을 향한 후미코의 사랑이었다.

짧지만 강렬했던 감독님과의 대화 끝에서 나는 GPS를 잡지 못하던 내비게이션이 마침내 길을 찾아냈을 때처럼 숨통이 트이는 것을 느꼈다. 그도 그럴 것이, 촬영 회차가 반을 넘어 끝에 다다를수록 나라는 배우의 그릇으로 과연 후미코의 마지막 선언을 잘 전달할 수 있을지, 그녀의 마음과 생각을 내가 감히 헤아려 표현할 수 있을지 두려워지던 참이었다.

돌이켜보면, 1월 한 달 동안은 나에게도 현장을 즐길 수 있는 여유가 있었다. 촬영이 일찍 끝난 날은 불령사 동지 역할의 동료 배우들과 숙소에서 함께 라면을 끓여 먹기도 하고, 감독님 방에서 종이컵에 맥주를 따라 마시며, 지금까지 찍은 신이 얼마나 재밌게 나왔는지, 누가 기가 막힌 연기를 보여줬는지 등 촬영 뒷이야기를 안주 삼아 피로와 추위에 저릿해진 몸을 달래곤 했다. 그러나 이제는 4년의 옥살이 끝, 마지막 공판을 목전에 둔 스물셋 후미코를 생각하며 배우 최희서의 몸과 마음 또한 단단히 채비를 해야 할 때였다. 옆에서 지켜보니, 이제훈 배우 또한 나와 비슷한, 아니 나보다 더 큰 중압감을 홀로 견디고 있는 듯 보였다.

그는 사실 애초부터 느슨해진 모습을 보인 적이 없었다. 촬영이 일찍 끝나도 뒷풀이는커녕 밥도 먹지 않고 귀가하며 "일본어 대사 외워야지" 하고 씩 웃어 보이던 그의 모습, 대기 중에도 모니터를 빤히 쳐다보다가 앉지도 서지도 못한 채 세트장을 서성이며 대사를 읊조리던 그를 떠올려보면, 잠시 흐트러졌던 내가 부끄러워 눈을 질끈 감을 수밖에 없었다. 즐거우나 치밀하게, 행복하나 치열하게 임해야 한다. 박열과 후미코의 광기 어린 눈빛, 자신들을 억압했던 권력을 조롱할 수 있었던 여유, 여유 속에서도 중심을 잃지 않고 자신의 주장을 논리 정연하게 펼쳤던 기개를 기억하자.

'끝까지 잘하자. 잘 부탁해, 후미코.'

약 6주간의 촬영 끝에 이제훈 배우와 함께 박열-후미코의 축제 같은 네 차례의 공판을 헤쳐나가야 할 때가 다가오고 있었다.

바깥에는 싸락눈이 내리던 고요한 청평의 2월. ⟨박

열〉 세트장 안에는 공판 촬영을 위해 약 2백여 명 가까이 되는 출연자와 스태프가 모여 숨을 죽인 채 모니터를 바라보고 있었다.

1923년 관동대지진 조선인 대학살을 은폐한 일본 정부의 음모를 모조리 폭로하며 목에 핏발이 선, 그을린 얼굴의 박열이 모니터를 가득 메우고 있다. 금세라도 흘러넘칠 듯한 눈물이 그의 두 눈에 일렁인다. 현장에서 나와 슬이를 볼 때마다 점검을 받던 장문의 일본어 대사들이 지금, 이제훈 배우의 입에서 한 치의 망설임도, 주저함도 없이 쏟아져 나온다.

"일본 정부는 3·1운동처럼 조선인 대학살도 묻으려 한다. 하지만 뜻을 이루지 못할 것이다. 묻으려고 할수록 드러나는 것이 자연의 순리요, 역사의 흐름이다!"

박열이 아니고서야 그 어떤 조선인이 도쿄 한복판에 있는 법정에서 일제의 죄를 고발할 수 있었을까. 지금으로부터 92년 전, 박열의 명명백백한 증언은 법정에서 이를 경청했던 조선인들에게 분노와 울화 이상의 희열을 불러일으켰으리라. 서리 낀 침묵을 찢는 그의 외침을 지켜보던 우리는, 그렇게 1925년 도쿄 재판정에 선 박열을 마주한다. 그리고 92년 전 사람들과는 또 다른 벅찬 감정에 휩싸인다.

"너희 천황을 지키기 위해 6천 명 넘는 조선인이 이유 없이 죽었다. 이의 있는가."

일제의 탄압 속에 은폐된 자료로만 남겨졌던 박열이라는 인물이, 검열의 먹칠로 지워졌던 그의 말들이, 시공간을 넘어 우리 앞에서 실체가 된다. 2017년 2월 10일 이 순간, 박열은 이곳에 있다. 그리고 우리는 그를 몸짓으로, 소리로, 기록으로 남기고 있다.

"컷! 오케이!"

이준익 감독님의 오케이 사인이 떨어지자, 삐이익, 카메라의 녹화 버튼이 꺼졌다. 몇 초 동안 세트장에 정적이 흘렀다. 이때 내 머릿속에 불현듯 어느 한 단어의 기원이 떠올랐다. 녹화record는 영어로 '기록하다'라는 뜻이지만, 그 어원은 바로 라틴어 레코르도recordo, '기억하다'였다는 것을.

그녀의 독백

　박열의 긴 독백이 끝나자, 감독님의 외침과 함께 이제훈 배우는 무너져 내렸다. 모든 기운을 다 쏟은 후, 창백하게 젖은 그의 얼굴 위로 스태프들의 박수 세례가 쏟아진다. 대단하다. 근사하다. 코를 훌쩍이며 손바닥이 아프도록 박수를 치는데,

　"85신 후미코 준비할게요!"

　두둥. 드디어 내 차례다.

　최종 공판의 판결을 듣기 전, 재판장의 "피고는 마지막으로 하고 싶은 말이 있는가?"라는 질문을 듣고, 그녀는 조용히 입을 연다.

　"나는 박열의 본질을 알고 있다. 그런 그를 사랑하고 있다. 그가 갖고 있는 모든 과실과 결점을 넘어 나는 그를 사랑한다."

이렇게 시작하는 그녀의 독백, 나의 영화 〈박열〉 마지막 촬영 신은 바로 가네코 후미코의 박열을 향한 마지막 사랑 고백이다.

처음 시나리오를 읽었을 때부터, 이 장면만은 설계된 연기가 아닌, 현장에서 그 순간 느낀 그대로 후미코의 마음을 전달하고 싶은 바람이 있었다. 다른 장면은 대사를 수도 없이 반복해보고 작은 방 안에서 빙빙 돌며 동선을 연습해보기도 했지만, 그녀의 마지막 사랑 고백이니만큼 이 장면만은 그 어느 때보다도 훈련된 기술이 아닌 순간의 진심으로 전하고 싶었다. 1926년 3월 25일 아침, 도쿄 대심원 공판정에서 박열과 함께 최종 판결을 눈앞에 두고 '나는 당신과 같은 생각을 갖는다. 나는 당신을 사랑한다'라는 담백한 고백을 그녀는 어떤 목소리로 읊었을까. 나는 그 순간을 살아보고 싶었다. 그 순간에 가보고 싶었다. 혹은, 어쩌면 나는, 그 순간 후미코가 과거로부터 나에게 잠시 찾아와주기를 바랐던 것일지도 모르겠다.

"자, 숏 갈게요! 레디이-."

현장의 스태프와 배우 모두의 시선이 나를 향한다.

촬영감독님이 상체를 숙여 뷰파인더에 한쪽 눈을 대자, 내 얼굴 앞으로 슬레이트가 올라온다. 이제 저 슬레이트가 '딱!' 하고 맞물리면 조감독님의 '액션!' 하는 외침과 함께 2017년 청평의 세트장은, 1926년 그날의 공판정이 될 것이다.

숨을 깊게 들이마신다. 그리고 다시 깊게 내쉰다. 눈을 뜬다.

그 순간 갑자기 내 눈앞에, 얼마 전 갔던 경북 문경의 후미코 묘지 앞, 홀로 피어 있던 민들레가 떠올랐다. 아무도 오지 않는 후미코의 묘지를 지키던 민들레는 이듬해 다시 피기 위해 소복한 씨앗을 가득 머금고 있었다. 그렇게 후미코처럼 홀로 피어나 홀로 흙으로 돌아가기를 기다리는 민들레를 보고 있자니, 살아생전에도 세상을 떠난 후에도, 지독하게 고독했던 그녀의 존재가 사무치게 아려왔다. 아무도 찾아오지 않는 이 묘지에 부디 내년에는 더 많은 민들레가 그녀의 산소를 둘러싸길 바라며, 나는 후우 큰 숨으로 그 씨앗을 불었더랬다. 그런데 지금 내 눈앞에, 지난겨울 불었던 민들레 씨앗이 잠시 날아온 것일까? 나는 그 순간, 어떤 작지만 강한 기운이 내 눈앞을 가로지르는 것을 느낀다. 온몸이 따스해지며 눈앞이 살짝 흔들린 그 순간. 나도 모르게 달궈진 허공을 바라보며 입을 열어본다. 소리를 내본다. 92년 전 후미코가 외쳤던 말들을, 그동안 홀로 읊조리며 이해하고 싶었던 그녀의 마음을, 마침내 내 입으로 하나둘, 꺼내어본다.

"나는 박열의 본질을 알고 있다.

그런 그를 사랑하고 있다.

그가 갖고 있는 모든 과실과 결점을 넘어

나는 그를 사랑한다.

재판관들에게 말해두고자 한다.

우리 둘을 함께 단두대에 세워 달라고

박열과 같이 죽는다면 나는 만족할 것이다.

그리고 박열에게 말해두고자 한다.

만약 재판장의 판결이 우리 두 사람을 갈라놓는다 해도

나는 결코 당신을 혼자 죽게 하지는 않을 것이라고."

○

후미코의 마지막 촬영을 앞두고 내 눈앞에 그 민들레가 떠올랐던 이유
는 뭘까. 그때 느꼈던 작고 강했던 따스한 기운은 무엇이었을까.

나는 아마 아주 오랫동안 그 온기가 그녀가 내게 후우- 불어준 입김이라
믿을 것이다.

검은빛의 여인, 가네코 후미코

2017년 1월 9일에 크랭크인 한 영화 〈박열〉은 약 6주 동안 촬영이 진행되었고, 2월 17일에 크랭크업(촬영 종료) 했다. 모든 장면이 카메라에 담겼다. 모든 대사와 호흡이 녹음되었다. 〈박열〉은 비로소 종이 위에 그려졌던 시나리오 한 권에서 살아 움직이는 영화 한 편이 되었다.

20년 동안 이준익 감독님의 서재에 잠들어 있던 박열과 후미코의 이야기는 2015년이 되어서야 단순한 소재, '점'이 아닌 두 인물의 이야기, '선'으로 그 형태를 갖추기 시작했고, 그 선은 눈 깜짝할 사이에 감독과 배우, 스태프 하나하나를 연결하며 영화의 크랭크인까지 곧게, 힘차게 뻗어 나아갔다. 감독님 홀로 무거운 바통을 쥐고 20년이라는 장거리를 아주 천천히 뛰어왔다면, 갑자기 백 명의 주자가 합류한 다음 마지막 백 미터를 전력 질주로 달려, 단숨에 그 종료선을 밟은 셈이다. 숨이 가쁜지도 모른 채 진행되었던 촬영 기간 동안 그 누구도 넘어지거나 뒤처지는 사람 없이, 서로의 등을 밀어주며 지금, 여기에 다다랐다.

지금, 여기, 어느덧 끝나버린 우리의 현장—나는 그 사실을 차마 받아들이지 못한 채, 이제 곧 허물어질 세트장을 멍하니 바라보고 있었다. 이때,

"수고 많았어. 최고였어."

감독님께서 나에게 짙은 붉은색 장미 꽃다발을 건네주신다. 감독님 뒤로, 제작팀 동생들이 환하게 웃으며 촬영 종료를 축하하기 위해 준비된 하얀 케이크를 들고 온다. 어? 뭐지? 크랭크업 축하 파티인가? 둘러보니, 어느새 나와 이제훈 배우 주변을 스태프와 배우들이 둘러싸고 바라보고 있다. 꽃다발을 손에 든 채 어리둥절해 있는 나에게 감독님께서 손을 내밀어 악수를 청하신다. 그리고 마치 나에게 여태껏 알려주지 않았던 비밀을 이야기하듯, 나지막이 말씀하신다.

"앞으로 사람들은 가네코 후미코를 떠올릴 때, 희서 너의 모습으로 기억할 거야."

그 말을 들은 순간,

스르르, 내 가슴속 어딘가가 녹아내렸다.

그렇다, 사실 나는 현장이 즐겁고 행복하다가도, 마치 가슴속에 한 덩이 얼음을 지닌 듯, 간담이 서늘해질 때가 있었다. 그것은 불현듯 나를 찾아오는 불안감, 내가 감히 가네코 후미코를 잘 해낼 수 있을까 하는 불신, 그 불신의 덩어리였다.

나는 캐스팅 연락을 받은 후 석 달 동안, 자서전에서 읽은 후미코의 짧지만 기구했던, 투지에 불탔던 23년 생애를 어떻게든 내 안에 담아 넣고자 노력했다. 자기 자신을 "우울한 검은빛"이었다고 자서전에 기록한 후미코의 마음. 그 마음을 깊숙이 들여다보고 싶었다.

학교에 다니고 싶었지만, 등교하는 친구들을 마당에서 훔쳐보며 눈물을 흘릴 수밖에 없었던 여섯 살의 후미코. 무시당하고 학대받으면서도 꿋꿋이 버티고 버텼던 조선에서의 식모살이. 지긋지긋한 생활을 끝내고자 돌덩이를 옷소매에 넣고 강 속으로 몸을 던질 마음을 먹었던 열네 살 여름. 홀로 상경해서 신문과 가루비누를 팔며 연명했던 열여덟 고학생 시절. 그리고 가랑눈 내리는 날, 박열의 시를 읽고 새 삶을 향한 열정이 뜨겁게 피어오르는 것을 느끼며 전율했던 스무 살의 가네코 후미코.

영화 속 후미코는 재판정에서 관중들에게 호통을 치고, 박열에게 자신을 여자가 아닌 동지로 보라고 소리치지만, 철의 여인과 같은 그녀의 용맹함은 사실 어리고 여렸던 후미코가 빚어낸 갑옷과 같은 것이었다. 따라서 나에게는 영화에서 보이지 않지만 분명히 내재되어 있을 그녀의 상처들을 다시 찌르고 파헤치며, 내 안에 새겨 넣는 과정이 필요했다. 그러나 그 노력의 결과만큼 내가 촬영하는 동안 가네코 후미코가 되었는지, 스스로를 평가하기에는 자신이 없었다. 나는 매 순간 불안했다. 초조했다. 내가 맞는지, 내가 잘하고 있는지, 감독님과 이제훈 배우, 스태프들에게 묻고 싶었지만, 묻는 순간 내 자신을 붙잡고 있던 나를 향한 믿음이 사라질까 봐 묻지 못했다.

그런데 오늘, 싱숭생숭한 마음으로 촬영을 마치고 박열의 마지막 촬영을 응원하던 나에게, 감독님께서 마치 나의 이 모든 속앓이를 꿰뚫어 보신 듯 먼저 손을 내밀어주셨다. 네가 후미코였다고, 사람들이 그렇게 기억할 것이라고.

나도 모르게 왈칵 눈물이 쏟아졌다. 감사함과 안도의 마음에서인지, 아니면 센 척했던 내 모습이 들킨 것 같아 부끄러운 마음인지…… 그 무엇으로 정확히 정의할 수 없는 정체 모를 눈물을, 나는 그저 흐르는 대로 흘려보냈다.

얼어붙은 창고 같은 세트장 안, 패딩 점퍼와 마스크로 무장한 채 각자 뿔뿔이 흩어져 일하던 스태프들이 따뜻한 난로 주변으로 하나둘씩 모여들었다. 배우들은 작은 장미 꽃다발 하나씩을 품에 안고, 스태프들은 촬영 내내 그토록 찍었던 배우들을 이번에는 각자 휴대전화 카메라로 찍고, 환호성을 지르며, 크랭크업의 순간을 기념했다. 그리고 다 함께 작은 케이크에 촛불 한 대를 꽂고 불을 붙였다. 나는 더도 말고 덜도 말고, 이것만큼은 제발 이루어졌으면 하는 마음으로 간절히 기도했다.

'부디 우리 모두가 한곳을 바라보고 서로를 의지하면서 달려온 만큼, 곧 이 영화를 보게 될 관객들에게

우리의 진심이 전달되기를.'

'그리고 부디 진실이, 신문 속에 박제되어 있던 박열과 가네코 후미코의 삶이, 이 영화로 인해 널리 알려지기를.'

"수고하셨습니다!!"

어느덧 6월 마지막 주 수요일, 6월 28일이 다가왔다. 바로 영화 〈박열〉이 세상 밖으로 나오는 날. 영화는 이제 우리 손을 떠났다. 우리에겐 끝이지만, 영화는 이 세상에 비로소 그 존재를 증명하는 날이다. 관객들의 눈과 귀로 전달되어 이제야 비로소 한 편의 영화가 탄생하는 날. 끝이면서도 시작인 날인 것이다.

나는 괜히 시원섭섭한 마음에 프리다 칼로가 그려진 〈박열〉 대본 노트를 책장에서 꺼내어 본다. 촬영이 끝나면 더 이상 펼쳐볼 일이 없는 대본 노트들이지만, 왠지 〈박열〉 노트만은 종종 꺼내어 보고 싶을 것 같다. 내가 이 대사를 할 때 어떤 고민을 했는지, 이 신에서 무엇이 가장 어려웠는지, 촬영 중에 어떤 마음이었는지, 촬영이 끝나갈수록 무슨 생각이 들었는지……가네코 후미코를 알아가며, 배우 최희서가 숙고했던 시간들을 찬찬히 들여다본다.

그렇다. 영화 〈박열〉은 화면 속 가네코 후미코를 남겼고, 사람들은 나를 그 모습으로 기억할 것이다. 그러나 내가 기억하는 가네코 후미코는 다르다. 나에게 후미코는 내 방 혹은 숙소에서 그녀가 남긴 원고를 펼쳐놓고, 그 글씨체로부터 그녀의 성격과 말투를 유추하며 나 홀로 즐겁게 탐구했던 시간으로 기억될 것이다. 대답 없는 후미코에게 질문을 던지고는 홀로 머리를 긁적이다 메모하던 시간들로. 밤낮으로 이어졌던 우리 둘만의 은밀한 대화의 시간들로. 나는 가네코 후미코와 나의 여정이 고스란히 기록된 페이지들을 바라보다, 그중 '크랭크인 하루 전'이라는 메모에 눈이 간다.

그녀의 수기에서, 사진에서, 그녀가 했던 말의 기록에서, 그녀가 여성을 넘은 한 개인으로서 얼마나 권력에 저항하고 싶었는지, 그러나 반대로 또 얼마나 한 여성으로서 사랑받고 싶었는지 이제야 실마리가 나타나기 시작했다. 그녀의 내적 갈등이 그 누구보다도 인간적이고 당당했으며, 그 투쟁이 얼마나 외롭고 쓸쓸했는지를 알게 되었다.

인간은 쓸쓸하고 고독한 존재다. 인간은 사랑을 받고 사랑을 주고 싶은 존재다. 인간은 권력의 사슬을 끊고 자유를 쟁취하는 존재다. 이 너무나도 인간적인 투쟁의 끝에서, 그녀가 미화되고 동정받고, 혹자에게는 손가락질을 받으며 현재의 가네코 후미코로 만들어졌다.

그러므로 나는 그 누구보다도 그녀를 인간적으로 그려내고 싶다. 어느 기구한 운명의 여인, 박열의 아내, 일본인이 아닌 한 인간으로. 어떤 사람의 찬란했던 투쟁의 기록으로. 그러나 그 과정을 그 무엇보다도 인간적이고 솔직하게 담아내고 싶다.

솔직한 인간다움. 하늘에서 그녀가 나를 바라볼 때, 코웃음 치지 않고 지긋이 바라봐준다면 여한이 없을 것 같다.

이제 시작이다.

2017년 1월 8일, 첫 촬영을 하루 앞둔
경남 합천 모텔방 505호에서

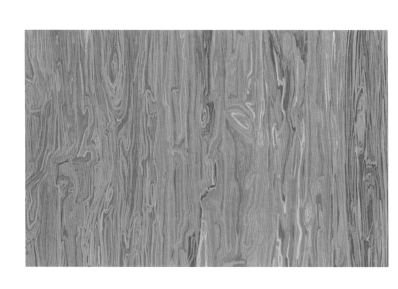

버티고서

관객의 발길이 끊긴 2020년 10월, 부산 영화의 전당 앞에 상록수 한 그루를 심고 왔다. 이 작은 전나무는 계절이 지나도 늘 푸를 것이다. 따가운 가을볕에도 시들지 않을 푸르름이 하늘을 향할 것이다. 하지만 그 뿌리는 어떤 색일까. 찬란한 전나무의 뿌리는 어떤 모양으로 자라나나.

들여다보고 싶어도 영영 볼 수 없을 뿌리에 막걸리를 콸콸 붓는다. 삽을 들어 두세 줌의 흙을 뿌린 후, 토닥토닥 삽 머리로 보듬는다. 무럭무럭 자라라. 가끔 떠올릴 거야, 어두운 곳에서 홀로 버티는 힘에 대해서.

어둠은 차고 바람은 억세지만, 그럼에도 불구하고,
그 어딘가에서 그 누군가는 지금도 버티고 서 있다.

포기하지 않았으면 한다.

3장

기적일지도
몰라

입춘

입춘의 아침, 아파트 틈새로 떨어지는 햇살이 한없이 좋다. 이사 온 집은 스물다섯 동 중 일곱 번째 건물로, 사방을 둘러싼 아파트 숲 사이에서 직접 해를 보기란 여간 어려운 일이 아니다. 특히 1층인 우리 집은 마주 보는 건물 그림자에 하루 종일 묻혀 있어, 겨울에는 한낮을 제외하고는 아침저녁으로 어두컴컴하다. 거실 창밖에는 한 그루의 소나무가 보이지만 이 또한 워낙 햇살을 못 보고 자라서인지 이파리가 거무스름하기 짝이 없다. 창밖으로 형형하게 빛나는 것이 있다면 소나무 너머 보이는 맞은편 주차장의 차량 보닛뿐이다.

하지만 그늘진 우리 집 창밖 풍경에도 매일 아침 9시 반이 되면 햇살이 내린다.

건물 틈으로 햇살이 들어와 거실 안쪽까지 비춰주는 시간은 고작 15분. 빛이 닿는 15분 동안, 창가에 놓인 화분들이 햇살 속에 잠긴다. 창밖의 소나무도 햇살 속을 넘실거리며 바람을 탄다. 화초의 이파리들이 연두색으로 반짝인다. 잠시 데워진 거실 마룻바닥에 누운 열다섯 살 반려견 '아리'는 고개를 들어 햇살이 들어오는 방향을 응시하다 다시 잠이 든다. 꽤나 푸석해진 그의 크림색 털 사이로 햇살이 맺히고, 분홍색 속살이 빛난다. 들숨과 날숨으로 조금씩 올라왔다 내려가는 아리의 작고 통통한 배. 그 고요한 움직임.

아무 소리도 들리지 않는 정적인 풍경이지만, 어딘지 이 풍경에는 경쾌하고 싱그러운 맛이 있다. 휴대전화를 보던 눈을 잠시 창밖으로 옮겨, 이 햇살 속에서 반짝이는 사물들을 응시하는 15분은 이사 온 이후 내가 가장 반기는 순간이다. 햇살에 잠긴 생명들과 생명이 아닌 것들을 바라보며 그들을 감싸 안는 빛을 응시하는 순간. 잠시 나는 관객이 되어 햇살 속 사물들의 숨쉬기를 바라본다. 아무도 말하지 않고, 아무도 등장하지 않지만, 특별한 의미 없이 그저 존재하는 것만으로 나를 기쁘게 하는 시간과 공간이 있다. 정말 감사한 일이다.

입춘의 햇살을 바라보고 있자니, 얼마 전 봤던 일본 영화 〈일일시호일〉(2016)이 떠올랐다. 영화는 다도를 배우는 대학생 노리코의 성장 과정을 입춘, 우수, 경칩부터 24절기에 걸쳐 보여준다. 계절은 흐르고, 그녀가 우려내는 차의 맛은 깊어지지만 30대가 된 노리코의 삶은 다도처럼 뜻대로 되지 않는다. 실연과 죽음, 취업 준비, 멀어지는 꿈…… 상실의 겨울을 딛고 일어선 노리코는 영화의 말미에 입춘에 대해 이렇게 이야기한다.

입춘이 가장 추운 시기인 건, '이제 봄이야, 봄이 코앞이야' 하면서 옛날 사람들이 추운 겨울을 이겨내고자 했던 것이었다. 그때 당시 나도 그랬다.

생각해보니 매해 그랬던 것 같다. 입춘이라고 따뜻한 봄의 기운을 느껴본 적도 없고, 새 생명이 움트려면 아직 먼 이야기인 듯, 창밖 풍경은 우중충하기 그지없었다. 올해도 말이 입춘이지, 내일부터 다시 영하로 기온이 뚝 떨어진다고 한다. 봄은 온다고 하지만 겨울이 갈 기미는 보이지 않는다. 하지만 괜스레 입춘이라는 글자를 바라보면, '이제 곧 올 거야, 봄'이라는 생각이 아지랑이처럼 피어오르는 것이다.

오늘 아침, 거실 한편의 햇살이 값진 것은 창밖의 풍경이 아직은 앙상한 겨울이기 때문일지도 모른다. 그 햇살이 우리 집 거실에 머무는 시간이 고작 15분이기 때문일지도 모른다. 봄의 햇살은 조금 더 느리고 쨍해서 더 오래 집 안을 밝혀줄 테고, 그러다 보면 가만히 창밖을 응시하던 눈을 다시 휴대전화로 돌리겠지. 그렇게 생각하니, 이렇게 봄이 코앞까지만 와 있는 이 계절의 틈새도 나쁘지만은 않다.

입춘立春. 봄이 들어서고, 겨울이 물러가기 한 발짝 전인 계절의 사이에서, 하루분의 햇살을 넉넉하게 바라보는 마음.

봄이 지나도, 입춘의 마음을 오랫동안 지닐 수 있는 사람이 되고 싶다.

수필의 정의

　헐레벌떡 폐휴지를 들고 아파트 주차장을 가로지르던 오전, 노끈 사이로 빠져나올 듯한 누런 책 한 권이 눈에 들어온다. 피천득의 《수필》(범우사, 1993)이다. 아니 이게 왜 여기에 껴 있지? 내가 정말 좋아하던 책인데. 고개를 갸우뚱하며 폐휴지 뭉치 속에서 내 손바닥 크기만 한 책을 구출한다.

　매주 화요일마다 재활용 쓰레기를 내놓는 주차장 한구석에는 어른 다섯 명은 들어가고도 남을 거대한 포대가 각각 종이와 플라스틱을 받기 위해 나란히 뉘어 있다. 그중 한 자루에는 2백 여 가구에서 내놓은 쓸모없는 종이들이 넘실거린다. 노끈을 풀고, 그 망망대해 속으로 일주일 치 폐휴지들을 쏟아붓는다. 이제 나에게 아무런 의미를 주지 않는 먼지 앉은 활자들과 택배 박스의 파편들이 사라락 소리를 내며 무덤 속으로

가라앉는다. 그중 어떤 종이는 나의 중지 마디를 살짝 긁고 간다. 핏방울이 조금 맺혔다. 나는 핏방울이 《수필》에 닿지 않게 조심스레 가방에 넣는다. 하마터면 버릴 뻔했다. 이 귀한 책을.

"엄마, 수필이 뭐야?"

중학교 1학년이 되자마자 오사카에서 서울로 돌아온 나는, 첫 백일장을 앞두고 머릿속이 하얘졌다. 백일장이라는 글짓기 대회도 처음이었지만, 어떤 주제를 갖고 수필을 써야 된다는데, 그 수, 필, 이라는 두 음절의 나열을 그날 처음 들어본 것이다. 나는 방문을 열고 고개를 빼꼼 내밀어 엄마의 등을 바라본다. 순식간에 어묵볶음의 참기름 냄새가 훅 하고 얼굴을 감싼다.

"수필? 음, 수필은…… 어떤 주제를 너만의 시점으로 바라본 걸 적는 거야."

엄마는 고민도 없이, 프라이팬에 시선을 고정한 채로 엄마가 생각하는 수필의 정의를 덤덤히 말했다.

"너에게 그 주제가 주는 의미에 대해서 자유롭게 쓰는 거야."

'어떤 주제에 대해서. 사물에 대해서. 그것이 나에게 주는 의미를. 자유롭게 쓰다.'

그렇게 나는 어느 봄날 오후, 부엌에서 감칠맛 나던 참기름 향과 함께 처음으로 수필을 알게 되었다. 학교에서 배운 것이 아닌 집 부엌에서 엄마한테 배운 것이어서 그런지, 침이 고일 정도로 진득했던 참기름 향 때문인지, 써본 적도 읽어본 적도 없던 수필이라는 것이 나에게는 고소하고 따뜻한 무언가로 남게 되었다. 머리가 아니라 감각으로 익히게 되었달까. 그러나 막상 내가 수필을 쓴다는 것은 또 전혀 다른 문제였다.

이틀 후. 서울대공원의 잔디밭에 앉아 백일장의 원고지를 받은 나는 눈앞이 캄캄해졌다. 이번 백일장 주제는 '별'이다. 일본에 있었을 때, 나는 어린이용 천체망원경을 베란다에 두고 관측할 정도로 별자리 보는 것을 좋아했다. 오리온자리, 큰곰자리, 전갈자리, 일등성…… 별자리를 설명하거나 묘사하는 것은 어렵지 않았다. 그러나 그것이 나에게 주는 '의미'가 무엇인지 말로 표현하고자 하니 도저히 첫 문장이 떠오르지 않았다. 그저 바라보는 게 좋은 것을, 어떻게 그 좋아하는 마음의 의미를 설명하지? 나는 곁눈질로 이미 원고지를 채우고 있는 반 친구들의 분주한 연필 끝을 좇으며 한동안 씨름했다. 그러다가 문득, 어떤 생각이 떠오른다. 내가 초등학교 때 가장 많이 썼던 것, 일기. 일본에 있던 5년 동안 나는 거의 하루도 빼먹지 않고 한글로 일기를 썼었다. 일기 쓰기만큼은 자신 있게 내 생각을 표현하는 창구였다. 그래, 내가 별에 대해 쓰는 게 아니라, 내가 별이 되어 일기를 써보면 어떨까. 나의 하루가 아닌 별의 하루를 써보는 것도 수필이라고 불릴 수 있지 않을까……

내가 별이라면 어떤 별일까. 나는 무엇을 원하고, 무엇을 이루고 싶나. 어린 별인 나는 언제쯤 엄마처럼 찬란하게 빛날 수 있을지 고민할 것이다. 내가 엄마에게 수필의 정의에 대해, 세상 모든 것에 대해 묻듯이, 별 또한 엄마에게 물을 것이다. 수많은 사물의 정의에 대해서. 그렇게 나는, 나의 첫 수필을, 별의 일기로 쓰기 시작했다.

그 이후, 고등학교에 올라가면서 여러 작가의 수필 작품들을 읽게 되었지만, 가장 내 마음에 남았던 건 엄마가 예전부터 갖고 계시던 피천득의 《수필》이었다.

특히 그중 '수필'이라는 제목의 수필을 읽고 또 읽곤 했다. 처음 그의 글을 읽었을 때, 나는 '수필' 그 자체에 대한 글을 쓴 작가가 있었다는 것과, 그 글의 고결함과 단순함에 흠뻑 반해버렸다. 작가는 작가에게 '수필'이라는 것이 주는 의미를 수채화 그리듯 은은한 붓질로 색을 입힌다. '수필'의 문장들은 햇살이 닿기 시작한 부엌에서 아침밥을 짓듯 고요하다가도, 첼로의 가장 낮은 음을 우웅 하고 켜듯 거침없이 활을 긋기도 한다.

그렇다. '수필'을 읽다 보면 수필의 정의가 활자로 입력되는 것이 아니라, 내 몸의 감각으로 흡수되는 듯했다. 마치 내가 엄마가 말한 수필의 정의를 머리로 알아들었다고 생각했어도, 수필을 생각하면 가장 먼저 그날의 참기름 냄새를 먼저 떠올리듯이. 그렇게 나는 작가 피천득을 통해 다시 한번 '수필'을 배우게 된다. 그리고 그 특별한 책을, 손바닥만 한 크기의 작은 책을 대학교에 진학한 후에도 자주 지니고 다녔다. 핸드백 속에 쏙 집어넣고, 휴강 시간에 잠시 펼쳐 읽다가 커피를 쏟기도 했고 워낙 작고 얇은 책이라 연극 대본 사이에 낀 채 몇 달 동안 행방불명되기도 했다.

세월은 흘러, 그 책은 어느샌가 가방 속에서 책장

속으로, 책장 속에서 폐휴지와 헌책 더미 속으로 끌려들어가고 여러 해가 지난 어느 평범한 가을, 버려진 활자들의 바닷속으로 첨벙 던져진다. 아니, 던져질 바로 그 찰나, 그 순간에 주인과 운명적으로 눈이 마주친다. 그렇게 나는 오늘 아침, 우연히, 아니면 우연 같은 필연으로, 수필을 구했다.

앉아 있던 버스 좌석 위로 오후의 가을 햇살이 내려온다. 무릎 위에 놓은 가방이 따뜻하게 데워진다. 멍하게 가방 위를 오르락내리락 하는 햇살을 바라보던 나는 문득 생각이 난다.

맞다, 내 책. 아까 가방에 넣었었지?

지퍼를 열고, 누렇게 바랜 피천득의 《수필》을 꺼내 든다. 표지를 바라보다가, 무심코 페이지를 넘기며 오래된 커피 얼룩과 접어놓은 모서리의 자국들을 더듬어본다. 그리고 유난히 많이 읽었던, '수필'의 첫 페이지를 펼친다. 오랜 세월 동안 숨죽이고 있던 검은 잉크의 활자들이 햇살 속으로 동동 떠오른다. 나는 한 문장 한 문장을, 마치 앨범 속 부모님의 어릴 적 사진을 보듯 물끄러미 바라본다.

수필은 청자 연적이다. 수필은 난이요, 학이요, 청초하고 몸맵시 날렵한 여인이다. 수필은 그 여인이 걸어가는 숲속으로 난 평탄하고 고요한 길이다. 수필은 가로수 늘어진 페이브먼트가 될 수도 있다. 그러나 그 길은 깨끗하고 사람이 적게 다니는 주택가에 있다.

아주 오랜만에 마주하지만 낯설지 않은 따뜻한 얼굴들. 아주 오랜만에 걸어보는 중학교 등굣길. 아주 오랜만에 맡아보는 부엌의 참기름 냄새. 그런 수많은 그립고도 따뜻한 감각들이 조금씩 되살아난다. 봄날, 잔디밭에 돗자리를 깔고, 등을 잔뜩 웅크리고 원고지에 별의 일기를 쓰던 열네 살 나의 모습. 앞치마를 두르고 부엌에 계신 엄마의 뒷모습. 엄마가 나에게 줬던 손바닥만 한, 내지가 누런 재생지로 된 피천득의《수필》. 하마터면 오늘 폐휴지의 무덤 속으로 끌려갈 뻔했던 이 귀한 책이 오랜만에 내 손 안에 누워 있는 감각. 어디서부터 오는 건지 모를 감사함. 부끄러움. 설렘. 나에게 수필은 이런 세상이었다.

그 누군가, "수필이 뭐야?"라고 물으면, 나는 뭐라

고 답할 수 있을까. 나는 홀로 햇살 쏟아지는 버스 안에서, 아주 오래전 매료되었던 글귀와 재회한다.

　반갑다.

○

어떤 것들은 쉽게 정의 내릴 수 없을뿐더러, 정의 내리지 않아도 된다는 것을 어머니의 수필과, 피천득의 수필로 배웠다. 어떠한 정의definition들은 분명definite하기를 거부한다. 불분명과 분명의 간극 속에서 나만의 의미가 탄생한다. 나만의 관점, 나만의 상상, 나만의 의미. 그것은 그 누구도 틀리다고 지적할 수 없고, 부족하다고 책망할 수 없다. 오로지 나만이 갖는 어떠한 존재에 대한 정의 자체로 숭고한 것이다.

아직 끝나지 않은 이야기

I

초봄, 연두색 논밭이 고요한 시즈오카 땅. 그 지평선 위로 새하얀 산의 형체가 성큼, 모습을 드러낸다.

신오사카 역에서 신칸센을 타고 약 두 시간을 달려오자, 말로만 듣던 후지산이 눈앞에 떡하니 나타났다. 시속 약 3백 킬로미터로 도쿄를 향해 달려가는 신칸센의 속도가 무색하게 느껴질 만큼 아주 유유히, 고요하게 차창 너머로 그 모습을 드러내는 하얀 관을 쓴 채 곧게 솟은 산. 나는 예기치 못한 대자연의 출몰에 넋을 놓고 창밖을 바라본다. 낯설고도 근사한 풍경이다.

길쭉한 일본 섬 서쪽의 간사이(관서)지방에서 초등

학교 시절을 보낸 내게 간토(관동)지방은 예나 지금이나 낯선 땅이었다. 덮밥을 먹던 허름한 동네 밥집에 걸려 있는 달력에서나 봤던 그 산, 4학년 사회 교과서 표지에 인쇄되어 싸인펜으로 낙서를 그려 넣었던 그 산을 20년이 지나 실제로 만나게 될 줄이야. 신기한 일이다. 하긴, 어찌 보면 내가 지금 이 신칸센을 타고 도쿄로 향하고 있는 것이야말로 참 신기한 일이다. 문득 휴대전화를 들어 시간을 확인해본다. 11시가 슬쩍 넘었다.

약 두 시간 후면 영화 〈박열〉의 일본 관객과 처음으로 만나게 된다.

"어쩌면 내가 이걸 위해 〈박열〉을 찍은 게 아닐까 하는 생각을 했어."

영화 〈자산어보〉(2021) 촬영으로 흑산도에 다녀오신 이준익 감독님의 얼굴은 연한 커피색으로 그을려 있었다. 담배를 끊으셔서일까. 행복하게 오토바이를 타셔서일까. 3년 전에 처음 뵈었을 때보다 지금이 더 건강해 보이는 진갈색 얼굴. 그 위로 촘촘히 난 흰 수염이 빛난다.

"일본에서 극장 개봉하는 거요?"

내가 물었다.

"응. 일본 관객들에게 보여준다는, 일본 사람들이 볼 수도 있을 거라는, 그런 생각이 줄곧 내 안에 있었기에 찍을 수 있었던 게 아닌가, 싶더라고. 일본 사람들이 몰랐던 자기들의 역사를 한국인들이 영화로 만들었다는 데에 어떻게 반응할까. 일본 관객들이 어떻게 영화를 볼 것 같아?"

박열과 후미코, 그 주변 인물들을 구상할 때부터 감독님께서 가장 유의하셨던 것은 '일본 사람들이 봐도 일본인 같은 인물들'을 창조하는 것이었다. 그때 당시의 일본 관복부터 시내 풍경, 하물며 박열과 후미코가 쓰던 원고지의 종이와 줄 간격까지 신경을 쓰셨던 것은 이 영화가 한국을 넘어 일본까지 뻗어나갈 수 있다는 가능성을 보셨기 때문이었다. 그도 그럴 것이, 〈박열〉은 박열뿐만 아니라 박열과 함께 싸웠던 후미코라는 일본 여성의 이야기이기도 했다. 나아가 이 둘뿐 아니라, 국적과 성별을 넘어 함께 제국주의를 향해 고함을 지르고, 몸을 던져 싸웠던 한국과 일본의 아나키스트 단체, '불령사'의 이야기이기도 했다. 어디 그뿐인가. 관동대지진이라는 일본 근대 역사상 가장 비극적인 자연재해에 대한 이야기이며, 그 피해자가 비단 일본인만이 아니었다는, 일본의 사실史実 이면에 숨겨진 현실을 고발하는 영화이기도 하다.

2016년 겨울, 〈박열〉의 시나리오 회의부터 감독님과 함께해온 나 또한 어쩌면 알고 있었을지도 모른다. 역사 속에 은폐되거나 잊힌 인물을 발견하고 이들을 재창조한다는 것은, 배우의 책임감 이상의 큰 무게를 업는 일이라는 것. 더욱이 그 인물들이 한국뿐 아니라 일본의 역사에 큰 획을 그었던 박열과 가네코 후미코라면, 사실 이 영화의 종착지는 일본일 수도 있다는 것. 아니, 일본이어야 한다는 것을.

그러나 일본 교과서에도 나오지 않는 조선인 대역 죄인과 그의 일본인 여성 동지, 그리고 조선인 대학살에 대해 일본인들이 믿기나 할까? 그들 입장에서는 당연히 개봉을 반대할 것 같은데. 도대체 누가 수입해서 배급을 할까? 누가 보러 올까?

반신반의할 수밖에 없던 내가 지금, 첫 일본 관객들을 만나러 비행기를 타고 기차를 타고 도쿄 시부야로 향하고 있다. 박열과 가네코 후미코가 처음 만났던 일본의 심장, 도쿄로.

"후지산 보셨죠? 흔히 볼 수 있는 게 아니에요. 오늘 날씨가 좋아서 그렇게 잘 보인 거죠. 희서 상 운이 좋으시네요."

도쿄역에 도착하자, 다른 칸에 타고 있던 일본 배급사 대표인 고바야시 상이 내 짐을 함께 내려주면서 말했다. 처음 만났을 때, 검은 선글라스를 벗으며 "저 이래 봬도 환갑 넘었습니다"라고 싱긋 웃던 고바야시 상은 그을린 얼굴과 상반되는 풍성한 은발 머리가 매력적인 노신사였다.

'우즈마사'라는 작은 영화 배급사의 대표이자, 연극 배우 출신인 고바야시 상을 처음 만난 건 2019년 1월 말, 〈박열〉 일본 개봉이 확정되어 사전 홍보를 위해 도쿄를 방문했을 때였다. 세월 묻은 윤기가 자르르 나는 가죽 재킷을 입고 공항에 마중 나온 은발의 신사가 두꺼운 손을 내밀며 내게 건넨 첫마디는 결코 잊을 수 없다.

"안녕하세요, 최 상. 일본 정부가 싫어하는 영화만

배급하는 작은 영화사 우즈마사의 대표를 맡고 있는, 고바야시 산시로라고 합니다."

1970년대에 기계공학을 전공하면서 연극부에서 연극을 했다는 그에게서 나는 이준익 감독님의 눈빛과 비슷한 힘을 보았다. 뭐 하나에 꽂히면 남들 눈 신경 쓰지 않고 바로 직진할 것 같은 그 눈빛. 고바야시 상은 〈박열〉 이전에도 한국 영화를 조금이라도 더 많은 일본 관객에게 보여주고 싶다는 일념 하나로, 제주 4·3 사건 피해를 그린 영화 〈지슬〉(2012)과 탈북인 이야기를 다룬 영화 〈크로싱〉(2008)을 배급했다. 그리고 세 번째 한국 영화로 〈박열〉을 택한 후, 공동배급사와 함께 제목을 '가네코 후미코와 박열'로 바꾸었다. 이어서 포스터를 새로 제작하고, 팸플릿을 만들고, 보도 자료를 작성했을 뿐만 아니라 나를 초대해 스물네 명의 기자, 평론가와의 인터뷰를 기획했다.

"산시로 상, 포스터 좀 날라주세요!"

"산시로 상, 택시 좀 잡아줘요!"

고바야시 상의 회사 직원들은 '산시로 상'이라고 그의 이름을 정겹게 부르며 알뜰하게 일을 시켰다. 직원들에게 지시를 받는 영화사 대표라니. "하이- 하이-"

하며 택시도 잡아주고, 직원들의 양손에 들린 무거운 포스터 더미를 낚아채며 "요이쇼(으랏차)" 하고 짐을 들어주는 사람 좋은 은발의 아저씨. 직원들이 자신보다 일을 훨씬 잘한다며, 직원들 말만 잘 들으면 된다고 너털웃음을 짓는 그의 미소에서 빛이 났다. 그는 자꾸만 자신의 회사가 '작은 영화사' '우익들이 싫어하는 영화사'라며 자신을 낮추었지만, 그의 눈에서 뿜어져 나오는 기세와 자신감은 주변 사람들에게 '그래서, 당신이 배급하는 영화가 어떤 영환데요?'라고 묻고 싶게 만드는 카리스마가 있었다. 그 카리스마는 그의 용기 저변에 깔린 겸손함과 근면 성실함 그리고 무엇보다도 영화를 향한 사랑에서 나오는 것이리라.

정오의 햇살이 도쿄역 플랫폼에 미끄러지며, 사람들의 다리 사이로 흩어지는 먼지바람이 우리를 맞이한다. 코트 깃을 여미며 걸음을 재촉하는 사람들, 그들 사이에서 에끼벤(기차에서 먹는 도시락)을 하나라도 더 팔려고 목소리를 높이며 땀을 닦는 점주들. 편의점 유리문이 띠링, 열리고 닫히는 소리. 그 사이로 물씬 풍겨오는 백 엔짜리 편의점 블랙커피와 호빵 냄새가

코를 찌른다. 도쿄역의 모든 빛과 냄새와 바람 속에서 잠시 동안 나는 멍해진다. 익숙한 일본의 햇살, 일본의 냄새, 역 플랫폼마다 울리는 익숙한 기차 경적과 안내 방송의 메아리. 조금씩 이 모든 외부 자극에 온몸의 세포들이 반응하기 시작한다.

'갑자기, 조금 긴장되는데?'

지금쯤이면 시부야의 극장에서 관객들이 〈박열〉을 보기 시작했겠지. 어떤 얼굴들로 보고 있을까? 팝콘을 먹으면서 볼까? 나는 과연 어떤 얼굴로 무대에 오르면 될까? 웃어도 될까? 일본 관객들에게 나는 뭐라고 인사를 하면 좋을까.

"최 상!"

멀찍이서 택시를 잡으려고 길모퉁이에 잠시 짐을 내려놓은 고바야시 상이 나를 부른다. 나는 잠시 멍해진 정신을 가다듬고 종종걸음으로 역사를 빠져나온다. 그는 서둘러 나오는 나에게 손을 들어 보이며, 천천히 오라는 신호를 보내고는 한 손으로 품에서 항상 피우는 담배를 꺼낸다.

"만석입니다. 오늘 도쿄, 그리고 나고야 극장도요."

고바야시 상은 마치 비밀을 털어놓는 것처럼 나지

막한 목소리로 나에게 말하고는, 씨익 웃는다. 활짝 밝아지는 나의 얼굴을 예상이라도 했다는 듯이. 그의 자신감 넘치는 목소리와, 웃을 때 잡히는 눈가의 주름을 보니, 이제야 실감이 나기 시작했다.

내가 도쿄에 왔구나. 내가 일본 관객들을 만나러 왔구나. 백 년 전, 박열과 가네코 후미코가 처음 만났던 그 도시에.

"다이조부!"

I

시부야에 위치한 영화관 '시어터 이미지 포럼'의 외벽은 연회색 시멘트 벽이었다. 표면에 손바닥을 갖다 대면 냉기가 서서히 전해지는 차가운 외벽. 나는 잠시 무대 인사 전의 긴장을 누그러뜨릴 겸, 멍하니 영화관 출구 옆 회색 벽에 기대어 작은 시멘트 입자들을 관찰해본다. 생각해보니, 오사카에서 어릴 적 살던 아파트의 외벽도 회색 시멘트였는데. 어릴 땐 괜히 벽의 문양을 손가락으로 따라 그려보거나, 욕실의 타일을 세어보거나 하는 일이 지루하지 않았는데. 잠시 옛날 생각에 잠겨 있던 그때, 굳게 닫힌 영화관 쇠문 사이로, 〈박열〉의 메인 주제가인 〈이태리의 정원〉이 흘러나오기 시작했다. 스크린에 엔딩크레디트가 올라가고 있다는 뜻이다. 갑자기 정신이 번쩍 든다. 짚고 있던 눈앞의 시멘트 벽이 출렁하고 흔들린다.

아, 영화가 끝났구나. 곧 일본 관객들을 만나겠구나.

옆에 서 있던 고바야시 상이 등을 펴고 붉은 재킷 소매를 단정히 접으며 나를 바라본다.

"최 상, 오늘은 제가 진행을 할 겁니다. 관객들의 질의응답 시간은 총 15분에서 20분간이고요."

"네, 알겠습니다."

"관객들이 아무래도 최 상 사진을 정말 찍고 싶어 할 텐데요. 사진 촬영 허가해도 괜찮을까요?"

나는 생각지도 못한 질문에 고개를 갸우뚱한다. 그건 당연한 것 아닌가? 배우가 영화관에 직접 찾아오는 무대 인사의 요점은 배우와 관객이 만나 영화에 대한 이야기를 나누고, 함께 사진을 찍으며 그 시간을 기억하기 위함인데. 하긴, 한국에서는 당연시하는 무대 인사의 과정이 일본에서는 다를 수 있겠구나.

"물론이죠, 고바야시 상. 사진이 얼마나 중요한데요, 관객분들한테도 그렇고, 저한테도 남을 추억으로요."

고바야시 상은 나의 흔쾌한 대답에 마음이 놓였는지 특유의 미소를 지어 보였지만, 그의 입꼬리에는 어딘지 근엄한 긴장감이 맴돌았다.

　바로 한 시간 전, 도쿄 한복판의 가장 유서 깊은 예술 영화관, '이미지 포럼'으로 향하는 택시 안에서 고바야시 상은 목소리를 낮추어 나에게 나지막이 이야기했다.

　"실은 몇 주 전 영화 개봉을 앞두고 극장 근처에 험한 시위 단체가 출몰했었어요. 하지만 그놈들 말이죠, 워낙 겁이 많아서 아무 짓도 못 합니다. 지난번엔 극장 앞에서, 찍소리도 못 내고 혐오 발언을 쓴 팻말만 들고 그냥 서 있었다니까요. 이렇게, 멀뚱-히."

　고바야시 상은 힘 빠진 눈빛으로 멍하니 앞을 바라보며, 시위 단체의 누군가를 따라 해 보였다.

　"아, 그랬군요. 전 괜찮습……."

　"걱정 마세요! 저희가 오늘 아침 일찍부터 극장 앞에 애들을 풀었거든요. 오늘은 그놈들이 얼씬도 못 할 거예요!"

　자신감 넘치는 고바야시 상의 말에 나도 모르게 피식, 웃음이 나온다. 사실 나 또한 SNS에 올라온 영화를 향한 험한 발언과 욱일기를 들고 극장 앞을 서성이는 남성들의 사진을 본 적은 있었지만, 고바야시 상이 괜히 미안해할까 봐 굳이 알은체하지 않았던 것이다. 영화의 내용이 내용이니만큼, 서울에서 짐을 싸면서부터 마음의 준비를 하고 있었으니. 그런데 애들을 풀었다니, 그게 무슨 뜻이지?

"혹시, 오늘 저 때문에 경호원들을 섭외하신 건가요?"

"하하, 아뇨, 저희가 그럴 돈은 없잖습니까. 그냥 제 친구들이요!"

"네에?"

택시에서 내려 큰길에서 코너를 돌아 이미지 포럼에 가까워지자, 고바야시 상의 말대로 중년 남성 셋이 극장 앞 골목길에 서 있는 게 아닌가. 안전봉이나 팻말 같은 아무런 '장비'도 없이, 유니폼은커녕 각자 얄팍한 바람막이 재킷이나 코트의 깃만 세운 채, 서로 50미터가량 거리를 두고.

"여어, 오츠카레(수고)!"

고바야시 상이 알은체를 하며 고맙다고 손을 흔들어 보이자, 그분들 또한 '이 정도야 뭐'라는 듯 실룩, 눈썹을 올려 보인다. 그러고는 고바야시 상 뒤를 종종걸음으로 쫓아오는 나의 모습을 보고는 손을 슬쩍 들어주신다. 저분들은 한 번도 본 적 없는 나를, 고작 한국 배우 한 명을 보호하고자 오늘 아침부터 극장 앞을 지키고 있던 거다. 나는 재촉하던 걸음을 잠시 멈추고 급하게 고개를 푹 숙여 인사를 한다.

"이쪽으로."

고바야시 상은 건물의 무거운 통유리를 어깨 힘으로 열어젖히고는, 장난기 가득한 눈으로 뒤돌아보며 이야기한다.

"아 험한 단체 놈들이 왔어야 재밌었을 텐데. 아주 혼쭐 낼 생각을 하면서 어젯밤부터 오랜만에 피가 얼마나 끓었는지, 하하."

고바야시 상은 농담처럼 말했지만, 분명 오늘 이 자리가 있기까지 꽤나 골치 아픈 일이 많았을 테다.

고바야시 상이 운영하는 작은 영화사 우즈마사에서는 개봉 두 달 전부터 인터뷰 일정을 잡고, 나를 초대해 스무 개가 넘는 매체 기자와의 단독 인터뷰, 방송 인터뷰를 진행하고, 그 인터뷰들을 모두 모아 SNS에 공유하는 등 홍보를 위한 불 지피기 단계에 심혈을 기울였다. 처음에는 도쿄와 오사카 등 주요 도시 극장에 한해서 제한적인 상영을 했지만, 다행히 기자·평론가의 좋은 평가 덕분에 시네필들의 관심을 사로잡으며 개봉 한 달 만인 지금, 일본 최남단 오키나와부터 최북단 홋카이도의 영화관까지 줄줄이 개봉을 확정 지었다. 우리나라와 달리 영화 팸플릿의 수요가 있는 일본 관객들을 위해 고바야시 상은 7백 엔짜리 두툼한 팸플릿도 부랴부랴 만들었는데, 이미 개봉 1주 차에 완판되어 다시 인쇄를 해야 한다고 한다. 그런데, 완판된 것은 비단 영화 팸플릿만이 아니다.

"준쿠도 서점(일본 각지에 지점을 두고 있는 대형 서점)에서 우리 영화 개봉 날짜에 맞추어 가네코 후미코의 자서전을 다시 판매하기 시작했다고 말씀드렸었죠? 영화 개봉 2주 만에 도쿄와 오사카 지점은 전부 품절이랍니다."

고바야시 상이 나에게 건넨 손바닥만 한 후미코의 자서전 표지에는, "영화 〈가네코 후미코와 박열〉 2월 16일부터 전국 순차 개봉"이라는 글자와 함께 영화 속 후미코와 박열의 얼굴이 들어간 띠지가 둘러 있었다.

기분이 묘했다. 묘했다는 단어만으로는 담을 수 없는 묵직한 감정의 덩어리가 내 명치를 눌렀다.

2년 전, 촬영을 준비하고 있을 때가 떠올랐다. 그때

만 해도 일어 원서로 된 후미코의 자서전은 구하기 어려웠다. 한국어로 번역된 자서전은 있었지만, 나는 실제 후미코가 어떤 단어를 사용하며 글을 썼는지 정확히 알고 싶은 마음에 원서를 찾았고, 결국 구하게 된 것은 박열의사기념관에서 제본한 일본어 책의 복사본이었다.

"워낙 오래전에 출판된 책 딱 한 권이 남아 있어서요. 일본에서도 가네코 후미코는 잘 알려진 인물이 아니어서……."

"괜찮습니다. 복사해주셔서 감사합니다."

힘이 없는 얇고 푸른 표지가 접히고 또 접히던 그 책은 복사본이었기에 원본의 형체조차 알 수 없었고, 그 원본 또한 이미 절판된 지 오래되었다고 들었다. 이 세상에서 이제 후미코의 옥중 수기는 사라져가는 걸까. 그녀가 감옥에서 밤낮으로 써내려간 원고지 3천 장의 결과물이 빛을 보지 못한 채 서점의 창고 속에 쌓여 있다가 결국 폐기되고 마는 쓸쓸한 상상에 나는 꽤 마음이 헛헛했었다. 하물며 그 쓸쓸한 마음을 함께 나눌 사람도 없었다. 그 당시엔 가네코 후미코라는 여성 무정부주의자는, 일본에서도 한국에서도, 아나키스트 연구학자들이 아니고서야 알 턱이 없는 대역죄인에 불과했다.

그렇게 소리 소문 없이 증발해버린 줄만 알았던 후미코의 문자들이, 2019년, 그녀가 살던 도쿄를 찾은 내 손 위에 따끈따끈한 신간의 종이 냄새를 풍기며 올려져 있었다. 새로이 태어난 모습으로. 반들반들하고 쨍한 표지 위에 영화 속 나와 박열의 얼굴을 담은 모습으로.

'축하해, 후미코.'

나는 마치 오랜만에 재회한 친구의 얼굴을 찬찬히 관찰하듯, 내 손바닥 위에 올려진 그녀의 책《무엇이 나를 이렇게 만들었는가》를 물끄러미 바라보았다.

"최희서 상, 처음 뵙겠습니다. 저는 오늘로 〈가네코 후미코와 박열〉을 네 번째 관람했습니다. 일본에 와 주셔서 감사합니다. 무엇보다도 가네코 후미코를 연기해주셔서 감사합니다."

처음으로 손을 들어준 관객은 둘째 줄에 앉아 있던 중년의 남성이었다. 두툼한 안경테, 건강해 보이는 그의 풍채와는 상반되는 꽤 떨리는 목소리. 마이크를 두 손으로 꼭 쥔 그는 나의 무대 인사 소식을 듣고 바로 네 번째 관람을 위해 예매를 했고, 자녀들에게까지 자랑을 했다고 한다.

"안녕하세요, 최희서 상. 이렇게 눈앞에서 뵙게 되어 너무나 떨립니다. 저는 사실 오늘로 다섯 번째 관람입니다. 가네코 후미코의 자서전도 구매해서 완독했고요. 이렇게 도쿄에서 만나 뵙게 되어 정말, 정말 기쁩니다."

작은 체구의 중년 여성 관객은 씩씩하게 말하다가 갑자기 목소리가 떨리는 듯하더니, 손등으로 눈두덩이를 눌렀다.

극장에 들어가기 직전까지도 나는 두려웠다. 애초부터 험한 단체들은 두렵지 않았다. 그들은 어차피 우리 영화를 보지 않을 것이고, 우리 영화의 시놉시스만을 갖고 반일이라느니 허구를 사실처럼 조작했다느니 하며 무조건적인 공격을 할 사람들이니, 그들에게 맞서 얼굴을 붉힐 필요는 없었다. 정작 내가 두려웠던 것은 그들이 아닌 일본의 일반 관객들이었다. 그도 그럴 것이, 만약 일본에서 만든 영화인데 배경은 1920년대 경성에, 대사의 50퍼센트 이상이 한국어, 그것도 일본 배우가 연기하는 한국어 대사였다면 그 영화를 나는 어떻게 바라봤을까. 나에게 아무리 일본이 친근한 나라여도, 어쩔 수 없이 비판적인 시선으로 영화를 볼 수밖에 없었을 것이다.

하지만 엔딩크레디트가 올라간 후, 시부야 극장의 관객은 비판이나 적의와는 거리가 먼 온화한 미소로 나를 반겨주었다. 게다가 여태껏 수십 번을 가본 무대 인사 중에서, 모든 눈동자가 오로지 나를 직시하는 경험은 처음이었다. 감독님도, 이제훈 배우도, 다른 동료 배우 단 한 명도 없이 나 홀로 이 영화를 대표해서 관객을 만나는 무대 인사는 아마도 오늘이 처음이자 마지막이 되리라.

　나는 그 고요한 눈길들이 주는 힘에 조금 용기를 내어본다. 백여 석이 넘는 객석 너머로, 영사실에서 한 줄기 흰 조명이 무대를 향해 내려온다. 눈이 부시지만, 나는 더듬더듬 한 자리 한 자리를 짚어가며 와주신 모든 분에게 눈인사를 한다.
　관객층의 연배는 높은 편이었다. 몇몇의 은색 머리카락이 정전기로 허공에 나풀거렸다. 객석에는 물통도, 음식도 보이지 않았다. 어떤 관객은 휴대전화가 아닌 디지털카메라를 조심스럽게 들고 나를 찍었다. 셔터 소리는 크지 않았다. 또 어떤 분은 조용히 울고 있었다. 관객들의 감상을 듣던 고바야시 상이 고개를 돌려 나를 바라본다.
　"우리 영화의 히로인, 가네코 후미코 역을 맡은 최희서 배우의 소감도 한번 들어볼까요?"
　내가 마이크를 쥐자 그들은 모두 얼음이 된 것처럼 행동을 멈추고 일제히 나의 입 모양에 집중한 듯했다. 나는 숨을 한번 내쉰 후, 관객들과 눈을 마주쳐가며 자기소개를 시작한다.

"안녕하세요, 한국에서 온 배우 최희서라고 합니다. 가네코 후미코 역을 연기했습니다. 일본에서의 무대 인사는 난생처음입니다."

일본 관객들 앞에서 일본어로 자기소개를 하는 날이 오다니. 그토록 긴장되었던 마음도, 오히려 마이크를 잡고 말을 시작하니 살짝 누그러진다. 나는 무언가에 맞서 버티던 힘을 잠시 놓아본다.

"이 영화를 만들 때, 전 감히 제가 배우와 스태프들을 대표해서 일본 극장에 서서 인사드릴 줄은 몰랐습니다. 하물며, 이 영화를 여러분께 보여드릴 수 있을 거라는 상상조차 할 수 없었습니다. 배급해주신 우즈마사의 고바야시 대표님, 정말 감사드립니다. 그리고 오늘 저희 영화를 보러 와주신 여러분께……."

말을 이어나가다가, 나를 바라보는 일본 관객들의 눈을 바라보니 갑자기 눈물이 나려 한다. 아, 나 주책맞게 왜 이러지. 여기 배우는 나밖에 없는데, 내가 울면 말을 이어나갈 동료 배우도 없는데. 그런데 그렇게 생각하면 할수록 말문이 막힌다. 울컥울컥 콧물과 눈물이 올라온다. 긴 여정 끝에 다다른 이곳에서 또박또박 내 소개를 하고 감사의 마음을 제대로 전해야지, 갑자기 울어버리면 어쩌자는 말인가. 그런데 이때, 객석에서 누군가가 외치는 소리가 들린다.

"다이조부!"
그 어느 객석보다도 고요했던 시부야 극장의 구석 자리에서 들려오는 힘찬 목소리가 나에게 말을 건넨다. '괜찮아!'라고. 말문이 막혀도 괜찮다고. 울어도 괜찮다고. 이내 그의 말에 힘을 실어주듯, 객석에서 하나둘, 박수 소리가 흘러나온다.

"다이조부, 희서 상!"
이번에는 다른 자리에서 어느 여성의 목소리가 메아리친다. 난 멋쩍은 마음에 픽 웃어버린다. 그리고 들고 있던 마이크를 잠시 내려놓는다.

그래. 이들 앞에서라면 울어버려도 괜찮을 것 같아. 여기까지 와서, 확 울어버려도 될 것 같아. 이 눈물이 감동의 눈물인지, 안도의 눈물인지 아니면 감사의 눈물인지 그 모든 것이 뒤섞여 터져 나온 날숨 같은 것인지 모르겠지만, 지금 이들 앞에서라면 괜찮을 것 같아. 있는 그대로의 내 구겨진 얼굴로 서서, 오늘 극장을 찾아주신 당신들을 바라보아도.

다이조부.

기적일지도 몰라

I

"나고야의 특색을 꼽으라면, 뭐, 특색이 없다는 게 특색인 것 같습니다! 하하!"

나고야의 택시 기사 덕분에 나고야의 첫인상은 꽤나 강렬했다. 그렇게 우렁찬 목소리로 이곳은 특색이 없다고 하니 슬며시 웃음이 나올 수밖에.

"자네 참 씩씩하네!"

내 옆에 앉은 고바야시 상도 젊은 택시 기사의 목소리에 놀란 듯하지만 그 기세에 답해주듯 큰 목소리로 대화를 시작한다. 그는 마치 해군이 입을 듯한 세일러 칼라가 달린 남색 제복에 흰 모자를 썼다. 흰 모자 테두리에 눌려 그의 검고 굵은 머리카락이 뒤로 뻗쳐 있다. 나는 뒷좌석에 앉아 그의 거센 머리칼을 바라본다. 꽤 젊은 사람 같은데. 기껏해야 스물두세 살 정도? 제복을 입은 청년은 나고야 태생이며, 택시 기사를 하면서 다양한 사람들을 만날 수 있어서 이 직업이 좋다고 한다.

"나고야는 처음이시군요! 아주 잘 오셨습니다!"

나와 고바야시 상은 뜻밖의 환대에 꽤 든든한 힘을 받고 택시에서 내린다. 청년의 쩌렁쩌렁한 목소리를 듣다가 내린 눈앞의 골목길이 유난히 고요하게 느껴진다. 그런데 참, 그의 말대로 골목길만 봐도 별다른 특징이 없긴 하다.

"자, 여기서부터는 제가 안내하겠습니다. 이런 곳에 극장이 있을까? 싶은 곳에 있거든요. '나고야 시네마테크'요."

도쿄 이미지 포럼에서 첫 번째 무대 인사를 무사히 마친 우리는 오후 2시경, 도쿄에서 또다시 기차에 올라 곧바로 나고야로 향했다. 사실 나는 일본에서 5년을 살았어도 나고야에 간 적은 한 번도 없었다. 누군가가 왜 나고야에 안 가봤냐고 묻는다면, '글쎄요······ 규슈, 시코쿠, 오키나와, 홋카이도까지는 가봤지만……' 하면서 우물쭈물할 수밖에 없을 뿐, 나고야는 큰 도시이지만 그 지명도에 비해 그다지 관광객의 이목을 끌 만한 지형지물이 없는 게 사실이었다. 그렇게 내게 무색무취의 도시였던, 나고야 태생인 택시 기사님조차 특색이 없다며 아쉬움을 토해내는 도시를, 오늘 〈가네코 후미코와 박열〉 무대 인사를 위해 난생처음 오게 된 것이다.

행인이 없는 텅 빈 골목길에는 전봇대가 드문드문 서 있고, 느슨하게 걸린 전깃줄 위로 오후 4시의 노란 햇살이 걸쳐 있다. 이따금씩 멀리서 낡은 자전거가 멈췄다 가는 소리가 바람을 가른다. 끼이익 끼이익.

이곳에 영화관이 있기는 한 건가? 있다고 해도 누가 알고 올까? 한편으로, 알고 오는 사람들은 정말 영화를 좋아하는 사람이겠구나, 싶다. 두리번거리며 근처 편의점, 파친코 건물들 사이로 영화관의 모습을 찾아보려고 조금 뒤처져 걷고 있던 내게, 저만치 먼저 가서 서 있던 고바야시 상이 손짓을 한다.

"여기 보세요. 간판이 있어요."

지레짐작으로 영화관 간판이라면 건물 벽에 붙어

있을 거라고 생각했지만, 나고야 시네마테크의 간판은 건물 앞 골목길에 오도카니 서 있었다. 노란 불이 들어온 입간판에는 〈가네코 후미코와 박열〉의 포스터가 붙어 있고, 또 그 옆에는 '오늘 가네코 후미코 역 배우 최희서 님 무대 인사'라고 누군가가 A4 용지 위에, 두꺼운 유성펜으로 또박또박 써놓았다. 그 아래에는 또 A4 용지에 '금일 영화 상영 일정'이라고 쓰여 있고, 가지런히 열을 맞춘 숫자로 영화의 상영과 종영 시간이 적혀 있다. 손글씨로 된 영화 상영표라니.

"직원분이 써 붙이셨나 보군. 희서 상 온다고."

나는 그 손글씨를 물끄러미 바라본다. 글씨체가 참 깔끔하고 정갈하다. 이렇게 숨겨진 도로변에 위치한 영화관 앞, 손글씨 안내문이 맞이해주니, 마치 누군가가 오랜 세월 동안 정성으로 가꾼 집에 초대받은 느낌이 든다. 그래서일까. 처음 온 도시에, 처음 방문하는 영화관이지만, 어딘지 그리운 곳에 다시 돌아온 기분이다.

1982년에 설립된 '나고야 시네마테크'는 마치 을지로의 오랜 건물 3층 정도에 위치해 있을 법한 여느 회사 사무실 크기의 아담한 단관 극장이었다. 건물 외관부터 극장에 다다르는 복도까지 어느 한구석도 통상적인 영화관의 모습을 띠고 있지 않았지만, 극장 입구로 이어지는 어둡고 천장이 낮은 복도는 예술영화 관련 포스터와 팸플릿을 아기자기하게 붙이고 관객들을 반겼다. 영화관 직원들이 오려내어 형광펜과 볼펜으로 줄을 긋고 강조한 기사들, 직원 추천 관람 포인트까지, 깨알만 한 글씨로 빼곡히 써놓은 스크랩 문서들이 크림색 페인트가 벗겨져 가는 낡은 벽을 한 장 한 장 채우고 있다.

　진정으로 아끼고 사랑하는 것이 있어서 그것을 누군가에게 잘 소개하고 싶은 마음. 그것을 함께 나누고 싶은 마음. 그런 직원들의 영화를 향한 애정 가득한 마음이 고스란히 느껴지는 벽을 바라본다. 낡은 벽에 다시 한번 손을 대본다. 이미지 포럼의 회색 콘크리트가 주었던 세련된 모던함과는 다른 이 예스러운 온기.
　"객석이 40석 아닌가요?"
　카운터에서 직원과 대화를 나누던 고바야시 상은 무슨 이유 때문인지 깜짝 놀란 모양이다. 작은 극장인 건 딱 보니 알겠는데. 예상한 것보다도 객석이 너무 적어서 저러시나?

"맞아요. 40석인데…… 지금 극장에는 여든두 명이 들어가 계세요."

"그게 어떻게 가능하죠? 입석이라고 해도 기껏해야 열 명에서 열다섯 명……."

나는 뒤돌아서 카운터에 있는 직원을 바라본다. 싱글싱글 입꼬리를 귀에 건 채 코발트색 뿔테 안경을 슬쩍 고쳐 쓰면서 말하는 여직원은, 웃을 때의 눈가 주름이 고바야시 상과 닮았다.

"저희도 입석 표를 객석 표만큼 판매한 건 처음인데요, 워낙 관객들의 문의가 많았고, 또 오늘 희서 상 무대 인사는 딱 한 번밖에 없으니, 좌석 관객들께 양해를 구하고 마흔두 명을 더 모셨어요. 그러니까 지금 극장엔 마흔 명이 앉아 계시고, 마흔두 명이 서서 보고 계신 거죠!"

나는 벙 찐 채로 고바야시 상과 직원을 번갈아 바라본다. 입석 제도는 내가 아는 한, 우리나라 영화관에서는 없어진 지 오래다. 입석 표를 아직 판매한다는 것도 신기한데, 입석 표가 객석 표 만큼 팔렸다는 건,

도대체 관객들이 어디에 서서 본다는 거지? 게다가 두 시간이 넘는 상영 시간 동안 그 많은 인원이 서서 본다는 게 가능한 일인가…….

어안이 벙벙해진 채 멀뚱히 직원을 쳐다보는 나를 보고는, 고바야시 상은 활짝 웃어 보인다. 푸른 형광등 아래로 윤이 나는 그의 은색 머리칼을 쓸어 올리며.

"희서 상, 이거 재밌는 무대 인사가 되겠는데요?"

극장 문을 열고 들어가자, 10년 전 연극 연습을 하던 대학교 강의실이 떠올랐다.

좁은 공간에서 많은 인원이 무언가에 몰두했을 때 나던 그 뒤섞인 체취의 밀도. 온도와 습도의 덩어리가 한데 모여 있다가, 문이 열리자 급격히 일렁이는 파도처럼 밀려온다. 사람들의 두꺼운 아크릴 점퍼 냄새가 뒤섞이고, 그들의 체온으로 데워진 공기 속으로 걸어 들어가던 나는, 그 열기에 압도되어 잠시 멈칫한다.

여든두 명의 관객이 문 앞에서 멈칫한 내 모습을 일제히 바라본다. 이내 우레와 같은 박수가 터져 나온다. 나는 작은 극장 내에서 터져버릴 것만 같은 이들의 환호에 얼떨떨해진다. 마치 내가 이제 막 응원을 하러 경기장에 도착했는데, 여태까지 구슬땀을 흘리며 경기를 치르던 선수들이 도리어 반대로 나를 응원해주는 듯한 이상한 기분이다. 무슨 말부터 어떻게 시작해야 할지 모르겠다.

"저, 나고야는 처음인데요……."

입을 열자마자, 다시 우레와 같은 박수가 답해준다.

나도 모르게 웃음이 나온다. 쑥스럽기도 하고, 감격스럽기도 하고, 무엇보다도 신기하다. 이렇게 작고, 더운 공간에서 단 한 사람도 자리를 뜨지 않고 나를 응시하며 박수를 쳐주고 있다. 큰 박수 소리가 바닥을 타고 올라와 배 속까지 웅웅 흔들어놓는다. 아찔하지만, 마이크를 다시 한번 잡아본다. 목소리를 가다듬고 찬찬히 보니, 비좁은 객석 주변으로 입석 관객들이 빼곡히 서 있다. 객석 옆과 뒤에 끼어 서서 얼굴을 빼꼼 내밀며 나를 보기 위해 손을 벽에 짚고 서 있는 사람들, 그리고 객석 맨 앞줄, 무대 바로 코앞에 방석을 깔고 앉아 나를 올려다보는 사람들. 연령층도 다양하다. 외투를 팔에 걸고 벽에 기대어 내가 입을 열기를 기다리는 젊은 학생들. 객석에 앉아 휴대전화를 들고 촬영 중인 중년의 관객들. 방석에 앉은 관객들 한가운데에는 영화 〈동주〉 때부터 나를 좋아해주던 일본 팬 C 상이 울고 있다. 맞다, C 상은 나고야 출신이라고 했다. 매번 비행기를 타고 서울까지 무대 인사를 보러 와주던 그녀의 고향에, 이번엔 내가 그녀를 만나러 온 셈이다. 나는 낯익은 얼굴을 만난 반가움에 C 상에게 손을 흔들어 보인다.

"여러분, 오래 기다리셨습니다. 이렇게 작은 영화관에, 이렇게 많은 분이 오시다니요."

내 옆에 서서 흐뭇하게 객석과 나를 번갈아 바라보시던 고바야시 상이 입을 연다.

"에…… 이 광경을 보았다면, 여기 나고야 시네마테크에서 20년 동안 영화를 배급해온 제 친구가 정말 기뻐했을 겁니다."

웃으며 객석을 바라보던 나는 고개를 돌려 그의 얼굴을 살핀다. 어느새 고바야시 상의 두 눈이 발갛게 달아올라 있다. 빨간 그의 재킷만큼이나 붉어지는 그의 두 눈과 귀. 미세하게 떨리는 중저음의 목소리가 마이크를 통해 울리면서, 웅성거리던 객석이 점차 조용해진다. 우리 모두 그의 이야기에 귀를 기울인다.

"사실은 제가 오늘 좀 무리해서 최 상을 끌고 왔어요. 원래는 영화관이 너무 작아서, 나고야는 일정에 넣지 않으려고 했는데 말이죠."

하긴, 서울에서도 40석 영화관의 무대 인사를 해본 적은 없었다. 이곳은 S와 조모임을 했던 학교 강의실을 연상케 할 만큼 아담하다. 그럼에도 불구하고 나를 꼭 나고야 시네마테크에 초대하고 싶었던 데에는 고바야시 상만의 이유와 명분이 있던 것이다. 그러나 여태껏 우리가 함께해온 여정 동안, 그는 단 한 번도 이런 이야기를 한적이 없었다.

"얼마 전, 제가 정말 아끼던 동료가 세상을 떠났습니다. 바로 여기, 나고야 시네마테크를 지난 20년 동안 책임져온 사람이죠. 그가 죽기 전 마지막으로 배급한 영화가 바로 오늘 여러분이 보신 〈가네코 후미코와 박열〉입니다."

나는 이곳에 무대 인사를 하러 왔다는 것조차 잊은 채, 내 옆에 서서 한마디씩 조심스럽게 꺼내어놓는 고바야시 상의 붉어진 얼굴을 바라본다.

"여러분, 오늘 와주셔서 감사합니다. 우리 최희서 상도, 무리한 일정을 함께해주셔서 감사합니다. 〈가네코 후미코와 박열〉이 오늘 이 작은 40석 극장에서, 여든두 장의 표를 판매했다는 기쁜 소식을 제 친구에게도 알려주고 싶네요. 아마도 오늘이 영화관 창립 이래 가장 많은 관객이 이 극장에 찾아온 날일 거예요.

그 친구가 살아 있었다면 정말, 정말 좋아했을 겁니다."

　고바야시 상의 이야기를 듣던 나는 눈물이 핑 돌며 관자놀이가 지끈 무거워진다. 흐릿해진 눈으로 객석을 둘러보고, 벽에 붙어 서 있는 관객들을 둘러보고, 그리고 영화관치고는 터무니없이 낮은 천장을 올려다본다.

　이렇게 작은 영화관이 오랫동안 손님을 맞이할 수 있었던 것은 그분의 노고 덕분에 가능했을 터. 복도에 붙은 수많은 포스터와 스크랩 기사는 분명 그분의 영화를 향한 마음의 조각들이 쌓아 올린 풍경이리라.

　고바야시 상의 말씀이 끝나자, 나와 관객들은 함께 잠시 침묵한다. 지난 20년 동안 나고야 시네마테크를 운영하다 먼저 떠나간 동료와 고바야시 상의 이야기를 듣는 것만으로도, 나와 객석은 어느덧 하나가 된다. 그리고 잠시 각자의 생각에 잠긴다. 이 짧은 시간 동안 우리는 하나의 영화와, 그 영화를 둘러싼 20년의 인연과, 또 그들이 이어준 오늘의 인연을 만났다.

　사람을 이야기와 만나게 하고, 그 만남으로 또 다른

이야기를 만들어나가는 것. 그것이 영화다. 그곳이 영화관이다.

　그날, 그곳에서 나는 여든두 명의 관객과 함께 울고 웃으며 긴 대화를 나누고, 해 질 녘 다시 마지막 무대 인사를 위해 교토행 신칸센에 올라탔다. 차창 밖 플랫폼 위로 오후 햇살은 어느덧 식어가는데, 나는 오늘 처음 온 평범한 도시, 나고야를 떠나고 싶지 않았다.

○

2019년 3월 14일, 나는 하루 동안 오사카-도쿄-나고야-교토-오사카라는 긴 여정의 무대 인사를 다녀왔다. 총 거리는 1,119킬로미터. 주요 교통 수단은 신칸센, 택시, 도보 그리고 마지막으로 교토에서 오사카 숙소로 돌아오는 지하철 막차.

마지막 교토 무대 인사가 끝난 후에는 서 있는 것조차 힘들어 짐을 끌어안고 좌석에 기대어 눈을 감고 있었다. 이때, 옆에 앉아 있던 어느 학생이 말을 걸어왔다.
"오늘 고생 많으셨습니다. 희서 상."
깜짝 놀라 고개를 들어보니, 아까 교토 무대 인사에서 객석에 있던 관객이 아닌가.
"어머, 감사합니다. 같은 열차에 탔네요."
"그러게요, 정말 반갑습니다. 이런 우연이……."
스물서넛 정도 되어 보이는 그녀는 이미 2017년, 서울에서 유학하던 중 〈박열〉을 보았고 오늘 교토에서 본 것까지 세 번째 관람이라고 했다. 오사카에 사는 그녀는 교토까지 지하철을 타고 나의 무대 인사를 본 후, 다시 집으로 가는 길에 나와 같은 막차를 타게 된 것이다.
"자네 운이 좋구먼!"
고바야시 상이 허허 웃으시며 학생과 담소를 나누기 시작한다. 나는 무거운 눈꺼풀을 비비면서, 고바야시 상의 질문에 답하며 생글생글 웃고 있는 그녀의 검은 안경테를 바라본다. 갑자기 이 모든 것이 꿈일지도 모른다는 생각이 들었다. 길고 길었던 오늘 하루도, 처음 만났지만 처음 만난 것 같지 않은 수많은 일본 관객도, 역사와 사람들을 품고 각 도시의 골목에서 단단히 버티고 서 있던, 작고 오래된 영화관들도.

'기적일지도 몰라.'
나는 마음속으로 혼잣말을 되뇌다, 종착역 우메다역까지 깊은 잠에 빠졌다.

천천히, 그리고 정확하게

I

2020년 5월 30일, 남양주에 위치한 어느 반려견 유치원.

"아리맘 님, 제나 입양 신청서 보내주신 지 오늘로 딱 4개월 10일 되었더라고요."

나는 입양 담당 매니저 G의 말을 들으며 고개를 끄덕이다, 문득 그녀의 어깨 너머로 보이는 제나와 S를 바라본다.

나와 S는 입전임보(입양 전제 임시 보호)를 하는 동안, 제나를 데리고 주말마다 이곳 남양주의 반려견 유치원에 등원했다. 산책할 때, 다른 강아지와 마주치면 유독 짖고 으르렁거리는 제나에겐 아무래도 주기적인 사회화 교육이 필요할 것 같다는 매니저 G의 권유가 계기였지만, 그 이후 주말마다 가족 나들이하듯 이곳에 온 지 벌써 두 달이 지났다. 처음 이 유치원에 왔을 때엔 분명 외투를 걸치고 있었는데. 어느새 5월도 훌쩍 지나, 성큼 다가온 여름은 벌써 자글자글 아스팔트를 달구고 있다.

"아, 제가 입양 신청서 보낸 게 1월 말이었죠!"

2020년 1월, 나와 S는 한 유기견 구조 및 입양 앱에서 '제나'라는 이름의 닥스훈트 믹스견의 사진을 보았다. 사람의 손과 강아지의 발이 서로를 맞잡고 있는 듯한 따뜻한 아이콘의 앱, 포인핸드Paw in Hand에서. 그러나 그 아이콘을 클릭해서 들어가면, 침대에 엎드려 엄지손가락으로 스마트폰을 스크롤하며 보기엔 너무나 가혹한 사진들이 가득했다. 언뜻 보기에도 뼛속까지 시릴 것 같은 시멘트 벽에 둘러싸여, 그 안에서 또 철창에 갇혀 굶주린 채 주인을 기다리는 작은 동물들의 눈망울. 담요 하나 없는 철창 사이로 보이는 오물 자국들. 나도 모르게 미간에 잔뜩 힘이 들어간 채 사진을 보던 중, 제나의 사진에서 손가락을 멈춘다.

진갈색의 털에, 얼굴에는 하트 문양이 있는 검은 눈동자의 강아지. 사진 속 제나는 어느 유기견 봉사 단체에서 구조한 후 가정집에서 보호 중인 듯, 따뜻해 보이는 비둘기색 담요에 앉아 카메라를 바라보고 있었다. 나와 S는 어딘지 장난기가 번득일 듯한 제나의 그 반짝이는 검은 눈에 반했다. 그게 벌써 4개월 전이라니. 시간 정말 빠르다.

매니저 G가 말을 이어간다.

"그동안 저랑 상담도 많이 하셨고, 제나 임시 보호하시면서 이렇게 훈련도 쭉 이어나가주셨고요. 그래서 인내심을 갖고 제나를 알아가주신 아리맘 님과 부군께 오늘부로, 제나 정식 입양을 확정하도록 하겠습니다."

세상에, 오늘은 운영진들과 정기적인 체크 단계의 미팅인 줄 알았는데. 이들은 이미 사전 회의를 거쳐, 우리에게 '입양 확정'이라는 선물을 주기로 마음을 먹고 온 것이다. 마스크를 낀 채 나를 바라보는 사람들의 눈에 서글서글한 웃음이 흐른다.

"정말요? 이제 확정인 거예요?"

매니저 G를 비롯해서 제나를 처음 만나게 해준 유기견 봉사 카페 운영진들이 나를 보며 함께 약속이라도 한 듯 박수를 친다. 짝짝짝짝!

"네! 정말 고생 많으셨어요."

괜히, 코끝이 시큰해진다.

"와…… 드디어…….

"하하하, 맞아요! 정말…… 드디어…….

나도 모르게 터져 나온 말에 운영진은 함께 깔깔 웃더니, 잠시 감회에 젖는 듯 서로를 바라본다.

"드디어 우리 제나가, 가족을 만났네요."

매니저 G는 가방에서 휴지를 꺼내더니, 자신의 눈두덩이를 꾹꾹 누른다. 하긴, 나는 고작 손가락으로 앱을 눌러 클릭 몇 번으로 제나를 발견했지만, 이들은 2019년 2월 16일, 추운 겨울에 제나를 보호소 철창에서 꺼낸 후부터 1년 3개월 동안 오랜 임시 보호를 거치며 제나의 가족을 찾아왔다. 그리고 2020년 1월, 나와 S의 제나 입양 신청서를 받은 후 4개월의 임보 기간이 지난 지금, 드디어 제나와 우리에게 '가족 선언'을 하게 된 것이다. 이 모든 일의 첫걸음부터 책임지고 진행해온 매니저 G의 머릿속엔 그동안 제나를 구조하며 있었던 많은 일이 주마등처럼 스쳐 지나갔을 터.

　'유사베(유기견 사랑 베풂이)'라는 봉사 카페의 운영진인 이들은, 안락사 위기에 놓인 유기견들을 구조·치료하고, 생활패턴이나 성격이 맞는 새 가족을 찾을 때까지 몇 달, 몇 년이 지나도록 봉사하는 사람들이다.

　이들은 2019년 1월, 경기도 포천시의 어느 마트 내에서 발견되어 보호소에서 보호 중이던 제나를 2월 16일에 구조했다. 그 후, 발 빠르게 임시 보호해줄 카페 회원들을 찾고, 병원에서 검진을 하고 접종을 시키고, 어디 그뿐인가. 검사 후 심장사상충 2기 판정을 받은 제나를 두 달 동안 약물 치료, 입원 치료를 병행해 완치시킨 다음, 수년 후 닥칠 질병을 예방하기 위해, 혹은 만에 하나 못된 사람들에게 잡혀가 새끼들을 마구잡이로 낳게 하는 학대를 예방하기 위해 중성화 수술까지 마쳤다.

　여기까지만 들어도 내 주변에 반려견을 키우는 사람들은 혀를 내두른다. 나도 그랬지만 중성화 수술을 시키지 않은 반려견이 과반수이고, 심장사상충이 정확히 어떤 병인지 검색해야 아는 견주가 대다수다. 부끄럽게도, 사랑하는 아리와 16년간 함께 살았던 나조차도 그런 부족한 견주 중 한 명이었다.

그렇게 모든 검진과 미용, 치료를 거쳐 제나가 바르르 떨고 있는 앙상한 유기견이 아닌 건강하고 어엿한 한 마리 강아지의 모습으로 돌아왔을 때 비로소, '유사베'의 '제나 가족 찾기' 프로젝트가 시작된다. 제나는 다시는 버림받지 않기 위해, 가족을 만나기 전까지 나쁜 습관을 교정받도록 훈련사 선생님 집에서 무려 6개월 동안 교육을 받는다. 운영진 중 홍보 스태프는 건강해진 제나의 모습을 예쁘게 찍어서 '포인핸드' 같은 유기견 입양·보호 커뮤니티에 공고를 띄우기 시작한다. 그리고 이 모든 과정을 매니저 G를 비롯한 운영진들과 임보맘들이 서로 공유하고, 임보일기(임시 보호하며 제나의 상태를 기록하는 일기)를 매주 카페에 게재한다.

더욱 놀라운 것은, 비단 제나뿐만이 아니라, '유사베'가 구조한 모든 유기견이 그렇게 철저한 '가족 찾기' 프로젝트를 거친다는 점이다.

이들은 구조한 마릿수보다도 구조해서 어떤 과정을 거치는지, 얼마나 '많은'이 아닌, '맞는' 가족과 만나는

지가 중요하다고 한다. 1년에 백 마리를 구조해서 입양을 보낸다 하더라도, 책임감 없는 견주에게 입양을 보내서 한번 상처받은 강아지가 또 파양된다면 무슨 소용인가. 백 마리를 구조해도 결국 그중 50마리가 다시 버림받는다면⋯⋯ 나는 아직도 얼마 전 인터넷에 떠돌던 어느 유기견의 얼굴을 잊을 수 없다. 세 번째 파양되어 다시 보호소 철창으로 돌아온 강아지의 얼굴을. 이제 그 어떤 인간이 다가가도 눈동자에서 두려움의 그늘이 걷히지 않을 듯한 절망의 검은 눈을. 그 눈 밑에 지워지지 않을 눈물 자국을.

이러한 이유로, '유사베'는 평생 가족을 찾아주기 위해, 구조한 한 마리 한 마리에게 맞는 최선의 방법과 절차를 밟는다. 그 과정이 몇 달, 때로는 몇 년이 걸릴지라도.

"저희 유사베는 '천천히, 그리고 정확하게'가 모토입니다."

그들의 눈은 이 한마디를 머금고 1년이 넘는 시간 동안 제나의 가족이 되어줄 사람들을 찾아왔다. 영문도 모른 채 버려진 강아지 한 마리를 중심으로 각자 다른 지역, 연령대의 사람들이 하나둘씩 모여 같은 바람으로 버텨온 것이다.

그랬던 사람들이 입을 모아 나와 S에게 '이제 당신들이 제나의 가족입니다'라고 선언을 한다. 박수를 쳐준다. 박수를 받아야 할 사람은 내가 아니라 저들이다.

"매니저 님이야말로 고생 많으셨어요. 다른 운영진 분들도 그렇고요. 작년 한 해 동안 제나를 임보해주셨던 카페 회원분들도 정말 훌륭한 일 하신 거예요. 제나를 만날 수 있게 해주셔서, 정말 감사드립니다."

나는 내 눈앞에서 아직도 눈두덩이를 꾹꾹 누르고 있는 매니저 G의 얼굴을 바라본다. 내가 G를 처음 만났던 게 언제였더라?

생각해보니, 우린 오늘이 고작 두 번째 만남이다. 그러나 우리가 강아지와 함께 살아간다는 일에 대해 대화를 나눈 시간은…… 무려 15시간. 시간만으로 놓고 보면 눈앞에 앉은 아직은 조금 낯선 이 여성과 나는, 6년 연애 끝에 결혼한 남편 S와도 해보지 않은 긴 통화를 나눴음에 틀림없다. 첫 상담 때부터 얼굴도 이름도 모르는 두 명의 여성이, 오로지 강아지에 대한 이야기만으로 세 시간 반 동안 통화를 했으니.

2020년 2월 10일 저녁 8시경.

지이잉- 지이잉-

부엌 테이블 위에 놓은 입양 신청서를 바라보던 나는, 드디어 올 것이 왔구나 하는 심정으로 휴대전화 화면을 바라본다. 발신인은 '유사베 매니저 G'다.

아직 이름도 알지 못하는 매니저 G와의 첫 비대면 입양 상담 시간이다!

"안녕하세요 아리맘 님, 유사베 매니저 G입니다! 보내주신 제나 입양 문의 신청서는 운영진과 잘 검토했고요."

활기차고도 의욕이 충만한, 쩌렁쩌렁한 여성의 목소리. 아, 듣기 좋다. 연극 했던 선배들이 생각나는 속 시원한 목소리가 휴대전화를 뚫고 흘러나온다. 나는 그 익숙한 박력 있는 톤이 반갑기도 하고, 조금 두렵기도 하다.

"아아 네, 처음 뵙겠습니다. 아, 뵙지는 못하지만, 하하."

매니저 G는 이미 유선으로 입양 상담을 하는 게 꽤

익숙한 듯, 귀에 쏙쏙 들어오도록 조리 있게 설명을 해주었다. 기본 성량이 큰 편이지만 하이톤이 아닌, 나긋나긋하다기보다는 또렷하고 명료한 목소리. 그래, 색깔로 치자면 연두보다는 진녹색, 맛으로 치자면 아이스 아메리카노보다는 레몬에이드. 나는 처음 만난, 아니 처음 듣는 수화기 너머의 그녀를, 오로지 목소리와 화법만으로 상상해본다.

처음 한 시간가량 우리의 상담은 입양 신청서상에서 예상 가능한 질문들과 나의 답변들이 오가는 것으로 채워졌다. 이미 신청서에 한 번 썼기에 익숙한 주어와 동사들. 왜 제나를 입양하고 싶은지, 지금 나와 S의 생활 패턴이 어떻게 되는지, 주거 환경 및 동네가 반려견을 키우기엔 적합한지. 그렇다, 사실상 '입양 상담'이라기보다는 '견주 면접'이라고 보는 게 맞을 수도.

나는 눈앞에 내가 쓴 내용을 두고서, 그 자리에서 알맞게 요리조리 덧붙여가며 조금이라도 더 내가 '올바른 견주'로 보이게, 아니 들리게 하려고 애를 쓴다.

'와, 벌써 한 시간 반이 지났네. 꽤 순조로운 거 같은데?'

컵에 남아 있는 마지막 한 모금의 디카페인 커피를 호로록 마시며, 안도의 한숨을 내쉴 때쯤.

"그런데요. 제가 이렇게 말씀을 듣다 보니 아리맘 님께 궁금한 게 있네요."

"네, 말씀하세요."

"아리맘 님은 아리를 왜 키우셨나요?"

전혀 예상치 못한 방향에서 훅 들어오는 G의 어퍼컷. 순간, 눈앞이 잠시 흔들린다. 어퍼컷은 바로 내 콧등을 가격한 듯하다. 눈물이 핑 돈다. 아리 생각만 해도, 누군가가 아리 이야기만 해도, 나는 아직도 이렇게 핑 하고 감싸는 아픔을 감출 수 없다.

"이제는 하늘나라의 별이 된 아리와의 생활은 어땠나요? 아리랑 16년이라는 긴 세월을 함께했다고 입양 신청서에 써주셨는데요. 시추였다고요. 아리는 어떤 강아지였나요?"

16년 동안 우리 가족의 일원이었던 아리에 대해, 나는 아리를 반려동물로 왜 맞이했는지, 단 한 번도 의문을 가져본 적이 없었다. 물을 이유가 없었다. 아리는 그냥 가족인데. 식구인데.

'원래 동생 생일 선물이었어요. 어느 신혼부부가 키우던 시추 두 마리가 새끼를 낳아서 분양을 하는데, 동생이랑 생일이 같아서 엄마랑 동생이 데려왔어요.'

'아리가 한창 어렸을 땐 제가 고등학생 때라, 공부하느라 바빠서 많이 못 놀아줬어요.'

'하지만 노년에는 그 누구보다 아리를 정말 아꼈어요. 아리가 평생 산책을 안 나간 날은 손에 꼽아요. 우린 여행도 같이 다녔고요······.'

입 밖으로 내뱉으면 분명 G가 오답 판정을 내릴 것 같은 이런 하찮은 말들만 떠오른다. 나는 잠시 입을 다문다. 손바닥과 휴대전화 케이스 사이에 조금씩 땀이 스며들며 미끌거린다. 시계를 보니 거의 밤 11시가 다 되었다.

가만······.

나는 왜 아리를 키운 걸까? 아리는 나에게, 우리 가족에게 어떤 의미였을까? 반려동물과 함께 산다는 건 무엇이며, '애완'이 아닌 '반려'인 건 왜일까. 비록 처음에는 솜뭉치 같은 인형 크기의 앙증맞은 모습으로 동생의 생일 선물이 되어 우리 집에 왔지만, 그 이후로 16년 동안 우리 가족에게 아리는 어떤 존재였나.

잠깐, 나는 그렇다면 지금 왜, 다른 동물을 다시 가족으로 맞이할 준비를 하고 있는가. 아직 아리 생각만 해도 명치부터 솟구치는 슬픔이 일렁이는데.

'사람은 왜 개를 키울까?'

아직 사진과 동영상으로만 접한 제나라는 유기견과, 내가 16년 동안 매일을 마주한 가족 아리의 사이에서, 나는 갑자기 길을 잃은 듯했다. 나는 가족을 먼저 떠나보내고 애도 중이면서 또다시 새로운 가족을 맞이하고자 준비 중인 거야. 도대체, 왜?

G가 전화 너머로 나에게 또박또박 물은 그 질문은, 가을의 끝자락에 내린 안개비처럼 축축하게 내 머릿속을 적시기 시작했다. 하지만 아리를 떠나보낸 가을은 지나갔고, 겨울도 봄도 이미 지나버린 지금, 낯선 여름이 코앞에 와 있다.

제나를 맞이하기 전, 나는 그 답을 찾아야 한다.

아주 오래된 관계

Ⅰ

런던 대영박물관에서 봤던 이집트의 개가 떠올랐다. 대영박물관의 이집트 갤러리에는 사람 미라뿐만 아니라 개의 미라도 전시되어 있었다. 검고 기다란 이집트의 개는 벽화에도 등장했으며, 조각상으로도 남아 있었다. 벽화에 자주 보였던 죽은 자의 신 '아누비스'는 개의 얼굴과 인간의 몸통을 가진 신으로, 죽은 자들의 심장을 저울에 올려놓고, 천국에서 다시 살아날 수 있는지 판단하는 심판 역할을 했다.

"저 때에도 개를 키웠나 봐. 기원전인데."

"이집트 개는 다 저렇게 몸통이 길었나 봐?"

엄마와 아빠가 그런 대화를 나눴었던 것 같다.

벌써 10여 년 전에 보았던 첫 유럽 여행의 어느 한 장면이 갑자기 머릿속을 스친 건 왜일까.

하늘나라로 떠난 아리는 맵시 있는 이집트 개가 연상되기엔 몸통이 짧고, 납작한 얼굴에 털은 희고 보드라웠다. 같은 개라고 해도 느긋하고 복슬복슬한 시추 아리에게서 날카로운 사냥견의 모습을 한 이집트의 개를 떠올릴 순 없었다. 하지만 제나는 달랐다. 제나는 닥스훈트 믹스로 몸통이 길고, 몸통을 덮은 진갈색 털은 마치 바람이 빗어낸 듯 윤기를 띠며 차분히 가라앉았다. 아리를 떠올리면 나는 아직도 베란다 햇살 아래 발라당 누워서 오르락내리락하던 분홍색 배가 떠오른다. 따뜻하고 연한 동물의 속살. 창밖의 새소리에 덮여 나지막이 들리던 아리의 깊은 날숨. 하지만 제나를 생각할 때, 가장 먼저 떠오르는 것은 공중에 뜬 활처럼 달려 나가는 검은 실루엣이다. 산책 중 거리에 아무도 없는 틈을 타 백 미터, 2백 미터를 나와 나란히 신나게 달리는 긴 몸통, 아스팔트를 내딛는 날렵한 발. 먹물을 머금은 붓이 힘차게 그은 한 획의 능선과도 같은, 바람에 나부끼는 진갈색 털의 잔상.

어디 겉모습뿐인가. 오후 해가 창가에 길게 드리울 때쯤에나 기지개를 켜고 느릿느릿 움직이던 아리와 비교하면, 제나의 하루 일과는 롤러코스터급으로 파란만장하다. 아침에 일어나 동그란 검은 눈으로 끔벅끔벅 나를 쳐다보는 것도 잠시, 창밖 수풀 사이로 길고양이가 지나가거나, 아파트 복도를 지나는 택배 기사님들의 발걸음이 들리면 귀를 쫑긋 세우고 쏜살같이 달려가 월월월! 짖기 시작한다. 한참이나 짖고 으르렁댄 후에야 다시 아무 일 없었다는 듯, 내 무릎에 올라와 손바닥을 낼름낼름 핥아댄다. 마치, '나 잘했지?' 하며 적들에게서 주인을 지켜내기라도 한 듯한 의기양양한 눈빛으로.

"사냥 견종이었던 닥스훈트의 피가 흐르긴 하나 봐."

S는 제나가 불현듯 짖고 으르렁대면 예끼, 혼을 내다가도, 제나의 기민함과 날렵함이 짐짓 대견스러운 듯했다. 그러나 나는 달랐다. 16년 동안 아리라는 느긋하고 온순한 개에 맞춰진 나의 습관과 루틴은 제나가 오고 난 후 송두리째 뒤엎어졌다. 아리와 함께 다녔던 뒷산을 오를 때에도, 아리의 보폭에 맞춰 쉬엄쉬엄 올랐던 뒷산을 제나의 걸음, 아니 점프에 맞춰 오

르다 보니 20분 걸렸던 유유자적 산보가 7분의 짧고 굵은 유산소 트레이닝이 되었다.

아파트 단지 안을 산책할 때에도 마음 놓을 틈이 없다. 지난 수년간 아파트 단지에서 아리와 산책할 때, 동네 다른 개가 아리를 향해 무차별적으로 짖으면, 아리에게 '어머 아리야, 쟤 왜 저런대?'라고 속삭이며 태평하게 길을 가던 나였다. 그런데 지금은? 상황은 완전히 역전되었다. 제나는 지나가는 동네 개의 꼬리라도 발견하면 단지가 떠나가라 짖어댄다. 치와와처럼 작은 소형견부터 푸들, 불도그, 리트리버까지 가리지 않고 짖어대니, 나는 이제 멀리 개의 목줄을 끌고 산책하는 견주의 머리카락만 보여도 숨기 바쁘다.

"죄송합니다, 죄송합니다."

가끔 나보다 먼저 제나가 건너편에 걷는 개를 발견하기라도 하면, 이미 한발 늦은 것이다. 정면으로 마주치지 않았어도 제나의 시야에 들어온 것만으로 우렁찬 샤우팅을 들으니, 상대편 견주들은 불쾌하다는 눈빛으로 제나를 흘겨볼 수밖에. 불쾌한 견주들의 목줄 끝에는 부들부들 떠는 강아지도 있고, 혹은 숨겨왔던 이빨을 보이며 더욱 거센 샤우팅으로 맞받아치는 강아지도 있다. 이윽고 5동, 10동, 더 먼 동에서도 '앙! 앙!' 하고 집에서 조용히 낮잠을 자던 강아지들이 깨어나는 소리가 들린다.

"제나야, 이 동네 개들 다 집합시키게?"

그렇게 제나와의 산책은 고도의 집중과 민첩함, 그리고 빠른 걸음을 요한다. 덕분에 매일 제나와 집 밖을 나가면 작은 모험을 맞을 심신의 준비를 해야 한다.

그렇다. 아리와 제나는 갯과(그중 반려견Canis lupus familiaris)라는 같은 생물학적 학명에 속해 있을 뿐, 사실상 단 하나의 닮은 점도 찾아볼 수 없었다.

"저요…… 정말…… 전혀 다른 생명체를 키우고 있는 것 같아요."

수화기 너머로 호탕한 웃음소리가 들려온다. 매니저 G가 깔깔 웃으며 길게 설명 안 해도 안다는 듯, 맞장구를 친다.

"아리랑 너무 다르겠죠. 아리는 온순함의 대명사인 시추였잖아요. 제나는 닥스훈트 믹스인 데다, 유난히 호기심 많고, 어리고, 똑똑하니까요."

부엌에서 전화를 받던 나는, 거실 한가운데 양지바

른 곳에 놓인 아리의 작은 납골함에 눈이 간다. 작고 흰 도자기 함에는 '아리'라고 이름이 적힌 테이프가 붙어 있다. '밤하늘의 작은 별이 되었습니다'라는 문구와 함께.

"아리도…… 시추 치곤 똑똑했는데…….."

"제나를 유기한 주인이 제나가 새끼였을 때 어떻게 키웠는지가 성격 형성에 영향을 많이 줬을 거예요. 제나가 다른 강아지와의 사회성이 많이 부족한 걸로 봤을 때, 아마 산책도 안 시키고 집에만 두고 키웠던 것 같아요. 그러니까 밖에 나가서 다른 강아지만 보면 흥분하는 거죠."

"그런 거겠죠? 원래부터 다른 강아지를 싫어하는 성격은 아니겠죠?"

"오히려 다른 강아지를 싫어하기보다는 궁금하고 다가가고 싶은데 겁이 나서 짖는 걸 거예요. 강아지만의 인사법을 어렸을 때 터득하지 못한 거겠죠."

"아리는…… 다른 강아지들이 아리를 보고 짖으면 짖었지, 단 한 번도 산책하다 먼저 짖은 적이 없었어요."

정식 입양을 앞두고 매니저 G와 전화 상담을 거듭

하던 나는, 그녀에게 제나의 습관에 대해 묘사하며 나도 모르게 제나의 모든 행동을 아리와 비교하고 있다는 것을 알게 되었다.

아리는 안 짖었는데, 아리는 잘 잤는데, 아리는 내가 나가도 낑낑대지 않았는데…….

"비교될 수밖에 없죠. 아리맘 님은 지난 16년 동안 아리만 키웠고 아리처럼 차분한 강아지가 익숙한 거죠. 사람도 사람마다 다르듯, 개도 개마다 달라요. 개체마다 달라요."

지금 돌이켜보면, 제나를 정식 입양하기 전, 석 달 동안 입양 전제 임시 보호를 했던 건 현명한 선택이었다.

입양 관리 매니저 G가 애초에 이 적응 기간을 먼저 권유했을 때, 석 달의 시간은 제나가 우리 집에 적응을 하기 위해 우리가 기다리는 시간이라고 생각했다. 그런데 막상 그 석 달을 겪어보니, 그 시간이 과연 제나만을 위한 시간이었을까. 지난 3개월은 제나만큼이나, 어쩌면 그보다도 더, 나를 위한 시간이었다. 내 삶에 들어온 새로운 생명에 내가 적응하는 시간. 관찰하고, 이해하고 받아들이는 시간. 나아가, 이 새로운 생명을 통해 이제는 우리 곁을 떠난 아리를 더욱 잘 알게 되었던 시간.

　제나의 행동들과 식습관, 배변 습관을 살펴보며 아리는 어땠더라? 하며 돌이켜보는 시간들은, 처음에는 아팠지만 나중엔 도리어 즐겁다는 생각마저 들었다. 제나처럼, 아리도 어렸을 때 오이를 좋아했던가? 아니, 아리는 상추를 좋아했어. 뻥튀기 과자랑. 아리도 우리가 밖에 나갈 때 짖었던가? 아니, 아리는 항상 분홍색 방석에서 우리가 나가는 뒷모습을 쳐다봤지. 아리는 어렸을 때도 먼저 안아달라고 하는 법이 없었어. 껌딱지 제나와 달리, 아리는 우리가 안기 전에는 무릎 위에 올라오지도 않았지. 분리 불안이 없는 쿨한 녀석이었어. 나는 안갯속처럼 흐릿해진 기억을 더듬어, 시간을 거슬러 올라가본다.

　그곳엔 오후 햇살을 맞으며 낮잠을 자던 아리가 있다. 털이 뽀얀 어린 아리가, 현관문 여는 소리가 들리자 잠에서 깨어 느릿느릿 기지개를 켜고 총총걸음으로 나를 맞이한다.

　그리고 그곳엔, 책가방을 내려놓고 아리를 향해 팔

을 벌리는, 교복 차림의 내가 있다.

기억의 저편에는 발간 혀를 내밀고 동그란 눈으로 나를 바라보던 어린 아리가 기다리고 있었다. 그땐 몰랐지만, 아리가 떠난 후에야 나는 그 작고 아팠던 생명이 나에게 어떤 의미였는지, 나에게 무엇을 주고 갔는지 깨달았다. 나보다 작고 힘없는 동물을 보살피며 느끼는 기쁨. 나의 관심과 베풂이 선사할 수 있는 작은 변화와 성장들. 그럼에도 불구하고 가끔은 내 손으로 고칠 수 없는 질병이 닥치기도 한다. 언젠가는 수의사도 해결할 수 없는 이별의 시간이 찾아온다. 그 이별은 많이 아프다. 그럼에도 불구하고,

사람은 왜 개를 키울까?

이 질문에 도달하기까지 오랜 시간이 걸렸다. 개는 평생 사람 아이 세 살의 지능으로 살아간다. G의 말마따나 개는 목이 말라도 냉장고에서 물을 꺼내 마시지 못하고, 덥다고 스스로 에어컨을 켤 수도 없다. 모든 개의 선택과 결과, 그 운명은 주인에게 달려 있다. 개에게 주인은 이 세상의 전부이고, 살 수 있는 이유이

자 수단, 목적이다. 개를 키운다는 건, 한 생명을 온전히 관찰하고 이해하고 보살피는 막중한 책임을 수용하고 수행한다는 뜻이다. 그리고 그 책임을 온전히 수행했을 때, 개들에게는 그것이 사랑이 된다. 주인의 행동은 감정을 낳고, 그 감정은 개의 다음 행동으로 이어진다. 그런 의미에서 인간과 개의 관계는 수직 관계가 아니라 상호 교류 관계, 즉 연대이자 동맹인 것이다.

나는 아직도 '아리를 왜 키우셨나요?'라는 입양 관리 매니저 G의 질문에 정확히 답할 자신은 없다. 하지만 적어도 이렇게는 말할 수 있다. 나와 우리 가족은 아리와 함께 뛰놀고, 아플 땐 보살피며 자연스레 사랑을 주는 방법을 터득한 것 같다고. 말 못 하는 동물에게 따뜻한 밥을 주고, 잠잘 자리를 마련하고, 아리가 나이를 먹고 병들어 죽을 때까지 눈짓과 손짓으로 대화했던 날들은 평범한 우리 가족이 겪었던 그 어떤 날보다도 경이로운 시간이었다고.

어떤 이들은 인간이 개를 좋아하는 이유를, 개가 인간에게 무조건적인 사랑을 주기 때문이라고 말한다.

하지만 나는 그 반대를 생각한다. 인간이 개를 좋아하는 이유는, 우리가 개에게 주고 싶은 만큼의 사랑을 줄 수 있기 때문이다. 보살필 수 있는 생명이 있다는 것은 인간을 얼마나 인간답게 만드는가.

제나와 함께한 지도 어느덧 5개월이 되었다. 제나는 여전히 산책 중 다른 강아지들을 보면 짖지만, 예전만큼 으르렁거리며 목줄이 끊어져라 달려 나가지 않는다. (주말마다 찾아가는 제나의 훈련사 선생님은 "갈 길이 멀지만 좋아지고 있어요"라며 희비가 섞인 위로를 살며시 건넸다.)

똑순이 제나는 뒷산을 포함한 동네 산책길은 이미 다 외웠고, 횡단보도 앞에서는 아스팔트에 철푸덕 앉아 신호가 바뀔 때까지 느긋하게 기다릴 줄도 안다. 밤엔 S의 배 위에 누워 끔벅끔벅 조는 것을 좋아하고, 아침밥을 먹은 후엔 앞뜰에 지나다니는 고양이를 늑대의 눈으로 좇으며 창가를 지키는 것이 루틴이 되었다.

많은 일이 있었다. 앞으로도 많은 일이 우릴 기다리고 있을 터. 비록 그것이 어떤 모험이 될지라도, 제나와 S와 함께라면 즐겁게 나이 먹을 수 있지 않을까.

우리는 그렇게, 가족이 되었다.

2막 1장

"강 건너에 멋진 성이 있어.
지금 너는 두 번째 징검다리를 건너고 있는 거야.
빨리 성으로 다다르고 싶겠지만, 지금 보이는 풍경들과
함께하는 사람들을 기억해야 돼."

좋아하고 존경하는 언니가 전화를 하더니, 멋진 말로 나를
설레게 하고는 호탕하게 웃었다.

세상은 내가 해낸 일들을 기억할 뿐, 그 과정을 가늠할 수도,
기억할 수도 없다. 그 과정을 기억할 수 있는 건 오로지 나 자
신과 그 과정을 함께했던 사람들일 테다. 영화보다 영화를
함께 만든 사람들을 사랑하라고 하신 이준익 감독님의 말씀
이 떠오른다.

내일은 또 다른 시작.
또 다른 징검다리
또 다른 풍경들
새로운 사람들.

그들에게 좋은 풍경으로 기억될 수 있는 사람이 되고 싶다.

4장

여러해살이풀

오늘도 뛰고 있을 윤자영에게

I

한강에서 불어오는 바람 냄새가 뭉근하게 몸을 감싼다. 오늘따라 유난히 달리기의 첫 스텝이 안 떨어진다. 머릿속으로는 뛰어야 하는데, 잠수교에 가야 하는데, 하며 이미 발을 구르고 있지만, 막상 운동화 끈이 질끈 묶인 두 발은 고속터미널역 출구 앞 콘크리트 바닥을 맴돌 뿐이다. 나는 참다못해 S에게 전화를 건다.

"뛰었어?"

"아니. 오늘은 발이 잘 안 떨어지네."

"그럴 때도 있는 거지 뭐."

"……나 있잖아."

"응."

"난 자영을 연기하면 안 되나 봐."

전화기 너머로 S의 실소가 들려온다. '또 시작이다'라고 생각하겠지. 나는 괜히 성을 낸다.

"아, 이번엔 진짜로. 진짜 모르겠어, 이 캐릭터. 그리고 내가 하면 자영이가 너무 씩씩해져."

"씩씩하면 안 돼?"

"안 되지이이! 어떤 감정이란 걸 느낀 지 너무 오래된…… 뭐랄까, 마음속 어딘가에 구멍이 난 앤데."

영화 〈아워 바디〉(2018)의 촬영이 시작된 후, 갑갑한 마음을 주체할 길이 없어 무작정 뛰러 나온 나는 결국 남자친구에게 전화를 걸어, 혀에 모터가 달린 듯 속사포로 신세 한탄을 한다. 작품을 준비할 때마다 이렇게 S를 붙들고 '나 너무 힘들어'라고 호소하거나 홀로 머리를 감싸 쥐고 헤맨 끝에 길을 찾곤 했지만, 이번엔 정말 다르다. 정말로 모르겠다, 이 캐릭터. 이 여자.

〈아워 바디〉의 주인공은 서른한 살 대한민국 여성 윤자영이다. 그녀는 명문대 졸업생이지만 공무원 시험 준비만 7년을 했고, 결국 나이 서른에 '고시생' 꼬리표를 단 백수가 되었다. 7년 동안 책상과 한 몸이었던 그녀에게 자신을 가꾸기 위한 운동은 사치였고, 대학 졸업 후 건강한 연애도, 친구들과의 우정 여행도 엄두를 내지 못한 채 20대가 끝났다. 엄마가 내주는 원룸의 월세와 관리비 없인 살 수 없고, 열 살 남짓 어린 여동생이 용돈이라며 챙겨 주는 꼬깃꼬깃한 지폐를 코웃음 치며 거부할 수도 없다.

뭐 하나 잘못한 것 없지만, 어디에 가도 떳떳하지 못한 고시생, 밀린 숙제 같은 딸이자 백수 언니, 윤자영. 서른 문턱에서 이미 낙오자로 낙인찍힌 자영에게는 더 이상 큰 꿈도, 무언가를 새롭게 이루고자 하는 욕망도 없다.

그런 자영은 어느 날, 동네에서 힘차게 러닝을 하는 강현주를 목격한다. 가쁜 숨, 목덜미에 흐르는 땀, 그리고 날렵하게 밤공기를 가로지르는 운동화. 자영은 홀린 듯 현주의 건강한 몸을 눈으로 좇다가 이내 본인의 운동화를 꺼내어 신어본다. 그리고 현주의 뒤를 따라 달리기 시작한다. 처음에는 숨이 넘어갈 듯했던 자영도 달리기를 거듭할수록 점차 자신만의 호흡을 찾는다. 굽어 있던 자영의 등이 펴지고 기립근이 생긴다. 핑핑 도는 뿔테 안경을 쓰던 눈에는 활기가 돌며, 후줄근한 자취생의 추리닝은 어느새 맵시 있는 스판 덱스 레깅스로 탈바꿈한다. 그렇게 현주를 만나 러닝 을 하면서 자영의 몸이 변하고, 마음이 꿈틀대기 시작 한다.

이렇게 써놓고 보니 말은 참 쉽다. 하지만, 그녀를 내가 연기한다면 어떨까.

먼저, 윤자영이라는 사람이 내 눈앞에 서 있다고 치 자. 윤자영은 어떻게 서 있을까? 거북목일까? 7년 동안 매일같이 책상에 붙어 공부만 했다면 목이나 허리가 멀쩡할 리 없다. 골반 또한 기울어 있겠지, 코어 따윈 없을 거다. 그녀의 눈을 쳐다볼 때, 그녀는 내 눈을 똑 바로 볼 수 있을까? 매일같이 들락거리는 편의점에서 삼각김밥을 계산할 때 외엔 사람과의 소통 자체가 없 을 테니, 누군가가 자신을 응시하는 시선이 불편할 거 다. 45도 정도 아래를 보겠지, 내 턱 밑 정도. 윤자영 은 안경을 쓰고 있을까, 머리를 묶고 있을까. 묶고 있 다면, 어떤 머리끈일까. 올리브영에서 묶음으로 판매 하는 고무줄, 꽤나 늘어난 그것을 몇 번씩 휘감지 않았을까. 마지막으로 미용실에 간 게 언젤까. 6개월 전이라면, 파마든 염색이든 이미 풀어지고 색이 바랬겠지. 그녀의 10년 된 후드티 소매처럼. 흐리멍덩한 눈빛처럼.

　어려웠다. 내 눈앞에 서 있는 윤자영이라는 사람이, 오늘 하루 무엇을 느끼고 무엇을 성취하고 싶은 사람인지 도통 감이 잡히지 않았다. 생각해보면 이전까지 내가 연기했던 캐릭터들은 꽤나 명료한 목적과 적극적인 태도를 지닌 사람들이었다. 영화 〈동주〉의 쿠미, 드라마 〈미스트리스〉(2018)의 한정원, 그리고 그 누구보다도 본능적으로 자신의 욕망과 목표를 향해 질주했던 〈박열〉의 가네코 후미코. 이들은 목적에 충실한 만큼 감정에도 솔직했기에 그것을 이해하고 표현하면 되었지만, 윤자영이라는 여자는 바로 앞에 서서 그녀를 응시해도 뿌연 안개가 낀 것처럼 도통 헤아릴 수 없는 사람이었다.

　공허와 의욕 상실을 어떻게 '잘' 표현할 수 있을까? 무엇인가를 표현하려 할 때마다 자영이 아닌 최희서가 되었다. 자영을 더 열심히 이해하고 연기하려 할수록, 자영은 내게서 점점 더 멀어져만 갔다. 아! 의욕이 없는 캐릭터를 연기자로서 어떻게 최선을 다해 연기할 수 있을까. 아니, 최선을 다해 그녀를 표현하면 안 되는 게 아닐까? 그래, 표현이 아니라 존재해야 해. 그런데 도대체 그걸 어떻게, '잘', 해내냐고요!

나의 한탄을 잠자코 듣던 S는, 합리적인 그답게 해결책을 생각해낸다.

"정 모르겠으면 감독님한테 물어봐, 답답해하지만 말고. 본인이 쓴 이야기를 본인이 연출하는 사람이잖아. 자기보다는 자영이를 더 잘 알겠지."

S와의 통화를 마친 나는 잠시 심호흡을 해본다. 초가을의 밤공기를 들이마시며 정신을 가다듬고, 운동화 속에서 힘이 꽉 들어간 발가락들을 쥐었다, 펴본다. 그리고 발신 버튼을 누른다. 그래, SOS를 청해보자, 한가람 감독님에게.

II

"희서 배우는 살면서 좌절해본 적 있어요?"

처음이었다. 함께 작업하는 감독님에게, '저 모르겠어요'라고 실토한 적은. 나의 부족함을 홀로 채워내지 못하고 그대로 드러내본 적은. 그런데, 수화기 너머로 들려오는 감독님의 질문이 조금 의외다.

"좌절이요? 음, 좌절이라. 글쎄요……."

"희서 배우는 없을 것 같아요. 자영이처럼 완전히 바닥을 친 적."

감독님은 왜 나한테 이런 질문을 하는 걸까. 아, 내가 자영처럼 좌절한 적이 없어서 자영을 연기하기 힘들 거라고 생각하는 건가. 아냐, 그럴 리 없어. 나도 분명 좌절했던 적이 있다고.

"저도 오디션이 안 되거나, 음, 20대 때는 일이 잘 안 풀릴 때면 엄청 우울했어요. 힘들었어요."

"그럴 때 희서 배우는 좀 힘들어하다가도 금세 이겨냈을 것 같은데요."

부정할 수가 없었다. 내가 살면서 완연한 좌절을 겪어본 적이 있었던가? 오디션에서 계속 낙방을 해도, 며칠 지나면 "아, 그 사람들이 보는 눈이 없어서 그래. 두고 봐!"라며 실패를 안주 삼아 질경질경 씹어 먹었다. 공연에서 대사를 까먹은 날은, "긴장하라는 하늘의 계시야. 앞으로 더 잘할 일만 남았어!"라고 내 자신을 다독였다. 연기를 망쳐서 울고 싶을 만큼 자괴감이 들거나, 혹은 내 딴에는 잘했다고 생각했음에도 악플로 욕을 먹은 날이면, 울고불고 난리를 친 다음에 팅팅 부은 얼굴로 산뜻하게 다음 날을 시작했다.

　감독님 말이 맞다. 내 자신을 좌절이라는 밑바닥까지 그 누군가가, 그 어느 날이 쥐고 흔들어 내려도 나는 그저 호기롭게 그 밧줄을 끊어냈었다. 나는 그렇게 낙천적이고, 꽤 오만하며, 종종 호쾌하게 30년 인생을 살아왔다. 타고난 성격이 훌훌 잘 털어내고 오뚝이처럼 벌떡 일어나는 거였고, 난 그런 내 자신이 줄곧 자랑스러웠다.

　그런 내가, 오늘은 좌절을 해본 적이 없다는 말을 하기가, 왜 부끄러운 걸까.

　"그러게요. 헤헤. 전 좌절해본 적이 없는 것 같네

요······."

　그럼 감독님 말은, 좌절을 안 해봤으니 전 자영을 연기하기에 충분한 자질을 갖추지 못했다는 건가요? 되묻고 싶었지만, 입 밖에 내는 순간 감독님도 나도, 그 누구도 속 편히 내일 촬영을 할 수 없을 것을 알기에 나는 침묵했다.

　수화기 너머로 나의 침 넘기는 소리가 들렸던 것일까. 한가람 감독님은 이내 나지막이 이야기한다.

　"자영이랑 다른 점도 많지만, 희서 배우는 자영이랑 닮은 점도 있어요. 자영이는 어느 날 7년 동안 계속해온 고시 공부를 놓아버리잖아요. 자기가 쫑내버리잖아요. 그리고 현주를 보고 무작정 달리기를 시작하죠. 그런데 생각해봐요. 솔직히 우리 중에 하루 이틀 학교 운동장 뛰어본 사람은 많을 테지만, 자영이처럼 몇 날 며칠을 힘들어도 포기하지 않고 뛰는 사람은 드물어요. 그러다가 결국 현주를 보고 그 뒤를 쫓아가잖아요. 전혀 모르는 사람인데, 저 사람처럼 되고 싶은 마음에 무작정 쫓아가잖아요. 자영이는 자영이만의 근성이 있는 아이에요. 그런 면이 희서 배우랑 닮았죠."

그렇다. 자영인 결코 아무런 욕망이 없는 아이가 아니었다. 그녀에게 욕망이 있다면, 거미줄 쳐진 자신의 삶을 뚫고 달려 나가는 것이었다. 켜켜이 쌓여 있는 문제집 사이에 낀 지우개 가루와 한숨을 털어내고, 일상에서 탈출하는 것, 그래서 숨이 차올라 심장이 터질 때까지 계속 뛰는 것이었다. 그래, 자영인 힘이 없고 삶을 포기한 상태가 아니라, 그 무언가가 그녀를 건드리면 터질 수도 있는 삶을 향한 욕구로 똘똘 뭉쳐 있는 사람이었던 거야. 해방되고 싶은 충동에서 시작한 오늘의 행동을 내일도, 모레도 이어갈 만큼, '근성'이 있는 사람이었던 거야.

"제가 지금까지 자영을 너무 단정 지으려고 했던 것 같아요. 감사해요, 감독님."

나는 재빨리 인사를 하고 감독님과의 전화를 끊는다. 지금 감독님에게 징징댈 때가 아니다. 감독님이 힌트를 주셨으니, 내 접근이 어디서부터 잘못되었는지 빨리 돌이켜봐야 한다.

난 자영과 내가 '다르다'는 선입견을 갖고 있었다. 나는 하기 싫은 것은 죽어도 안 하고, 하고 싶은 것은 물

불 안 가리고 뛰어드는 사람이니까. 나는 낙천적이고 활발한 사람이니까. 그런데 이런 선입견과 일차원적인 접근이 문제였던 것이다. 나는 자영의 근본적인 욕망을 이해하려 하기도 전에, 삶에 지친 자영의 눈을 그저 묘사하고자 했다. 인물은 2D가 아닌 움직이는 사람인데, 왜 난 자영을 허공에 그려놓고 그 그림이 되고자 했을까. 내 캐릭터가 숨을 쉬기 위해서는, 그리고 배우 최희서가 작품 속에서 그로 살아내기 위해서는, 형용사가 아닌 동사를 연기해야 한다.

나는 휴대전화를 한 손에 꼭 쥔 채, 잠수교로 가려 했던 발을 돌려 집으로 돌아갔다. 한 발, 두 발, 아스팔트를 꾹꾹 밟아 앞으로 나아간다.

처음으로 모른다고 해버렸다. 잘 모르겠고, 이 역할을 잘할 자신이 없다고 실토해버렸다. '어렵다.' '잘 모르겠다.' '내 한계인 것 같다.' ……그런 나약한 말은 내뱉는 순간 내 발목을 휘어잡고 놓아주지 않을 줄 알았는데, 아니었다. 오히려 말하고 나니 마음이 한결 가벼워진다. 모멸감이 밀려올 줄 알았는데, 웬걸, 이상하게 기분이 좋다. 속 시원한 눈물이 터져 나온다.

'꼭 오뚝이처럼 벌떡 일어서서 해맑게 극복해나가지 않아도 돼. 매일이 꼭 허들을 넘어 이겨내야 하는 숙제는 아닌 거야. 가끔은 그런 날이 있어도 되는 거야.'

나는 그렇게 홀로 되뇌며 집으로 향한다. 그동안 자영을 이해하기 위해 매일 밤 뛰었던 이 거리를, 오늘은 뛰지 않을 거다. 이렇게 가을밤에 항복한 사람처럼 뚜벅뚜벅 걸어볼 거다.

오늘만큼은, 실패해서 나약하고 부끄러운 내 모습을 있는 그대로 지켜봐줄 거다.

NG여도 좋다

바람이 분다.

남산 백범광장의 억새가 흔들린다. 마치 내 한숨에 고개를 돌리듯 저만치로 멀어졌다, 다시 제자리로 돌아온다. 오늘 찍는 '신 20'을 다 찍으면, 〈아워 바디〉의 촬영은 40퍼센트를 완료하는 셈이다. 그런데, 동트기 전에 집에 갈 수 있을까. 벌써 열 테이크(한 컷의 촬영 횟수)째다.

"괜찮아요?"

한가람 감독님이 멀리 모니터 테이블에서 화면 속 나의 동태를 살피다 살금살금 다가온다. 아, 지금 감독님이 봐도 내가 안 괜찮아 보이나 보다. 나는 허리를 펴고 애써 웃어 보이려 하지만, 도저히 웃을 수가 없다. 이 많은 스태프가 지금 오로지 나 한 명 때문에 집에 못 가고 있으니.

시나리오 속 지문에 따르면, 나는 지금 현주를 쫓아 남산을 뛰다가, "거친 숨을 토해내는 자영, 거의 호흡 곤란에 이를 지경이다. 헛구역질이 난다. 자영의 가쁜 숨이 잦아지면서, 갑자기 눈물이 왈칵 쏟아진다. 갑자기 터진 눈물에 자영도 당황한 듯하다"를 연기해야만 한다. 근데 젠장, 숨은 넘어가고, 눈물도 울컥 올라오는데, 쏟아지질 않는다. 아니 연습할 때는 철철 잘만 흐르던 눈물이 눈물샘 밖으로 흘러나올 생각을 안 한다. 이를 어쩐다. 밤은 깊어가고, 가을 밤바람에 옷깃을 여미며 내가 숨을 고를 때까지 기다리는 스태프들의 말소리가 나지막이 들려온다. 다들 나 때문에 집에도 못 가고…… 아, 이를 정말 어쩐다.

이때, 감독님이 한 손을 내 어깨 위에 살포시 얹는다.

"아까 세 번째 테이크 좋아서 그거 써도 될 거 같은데."

"……그게 진짜 좋았어요?"

"네, 눈물도 조금 보였어요. 괜찮았어요."

"괜찮은 정도면 안 되죠…… 좋아야죠."

말을 내뱉고도, 내가 지금 누굴 탓하나, 날 탓해야지 싶은 마음에 괜스레 고개가 숙여진다. 흙으로 얼룩지고 끈마저 풀려버린 자영의 운동화 끝을 바라본다. 아쉽다, 오늘 나의 성과가. 나의 한계가.

"희서 배우가 너무 힘들 거 같아서. 체력도 이제 많이 떨어졌잖아요."

체력이 많이 떨어진 건 사실이었다. 촬영 4주 전부터 윤자영이 되기 위해 조깅을 시작한 나는, 촬영 첫 주까지 총 23번, 백 킬로미터를 뛰었다. 닭가슴살과 고구마를 연료로 조깅을 하다 보니 지방 6킬로그램 감소, 근육 3킬로그램 증가, 체지방률 12퍼센트라는 BMI 수치를 훈장처럼 자랑하고 다녔지만, 몰골은 말이 아니었다. 게다가 영화 속 달리는 장면들은 모두 밤 신이었기에, 밤에 촬영을 시작해서 해가 뜰 때 귀가하는 날들이 그렇지 않은 날보다 더 많아졌다. 새벽 5시, 후들거리는 다리를 이끌고 집에 오면 지저귀는 새소리를 들으며 암막 커튼을 치고 잠을 청해야 했다. 그렇게 밤낮이 바뀐 채 달려오기를 2주째. 체력은 바닥났고, 배는 고프고, 머리는 핑핑 돌았다. 하지만 그건 작품 밖 최희서의 상황일 뿐, 나는 오늘 집에 가기 전까지 영화 속에 영원히 박제될 자영의 순간들을 최선을 다해 살아야 한다. 그러므로 나는, 지금 주어진 환경 속에서 최선을 다해 이 신을 잘 해내야만 한다.

"딱 한 번만 더 해볼게요."

감독님이 미소하며 고개를 끄덕인다.

"그래요. 그럼 준비할게요."

따뜻했던 감독님의 손이 내 어깨에서 내려오고, 그녀가 내게서 멀어지며 촬영감독님에게 수신호로 '다시 한번'이라고 전한다. 촬영감독님이 고개를 끄덕이자, 그 옆에 대기하던 촬영팀, 조명팀이 분주히 움직이기 시작한다. 스태프들의 바스락거리는 패딩 소리와, 렌즈, 조명기를 나르며 부딪히는 쇳소리가 징-징- 세찬 바람 소리에 뒤섞인다.

나는 이 모든 소리를 차단하고 오로지 나에게 집중하고자 눈을 감는다. 심호흡을 한다.

잘하자. 해내자.

그런데…….

'넌 아까 세 번째 테이크가 한계야. 지금 새벽 3시야. 집에 가.'

'아니야, 열한 번째 테이크에서 가장 좋은 연기가 나올 수도 있잖아.'

'너 지금 욕심부리는 거야. 욕심부리면서 연기할 때 잘된 적 있어?'

집중하려 할수록, 내 의욕이 이기적인 욕심이라는, 이게 너의 한계라는 내 마음속 시니컬한 또 다른 자아가 말을 걸어온다. 그 누구도 아닌 나를 향한 질타들이 낙엽처럼 툭, 툭, 떨어져 내가 달려 나가야 하는 이 길 위를 덮어버리는 것만 같다. 아, 안 돼! 내 자신에게 질 순 없어. 나는 절레절레, 고개를 흔든 다음 눈을 번쩍 뜨고, 내가 뛰다가 멈춰 서야 하는 언덕 위에 준비된 카메라와 조명 기기들을 바라본다. 나는 저기를 향해 뛰어야 한다. 홀로 힘을 내야 한다. 나는 할 수 있다! 아니 …… 나 할 수 있을까? 나 지금 왜 이렇게 자신이 없지? 마음속 줄다리기에 정신이 혼미해지던 나는, 멀어지는 감독님의 뒷모습을 바라본다. 아아, 갑자기 그녀의 옷깃이라도 부여잡고 싶다.

"잠깐만요, 감독님!"

감독님이 돌아본다. 그녀가 입고 있는 야상의 모자가 퍼석거린다. 나, 갑자기 너무 용기가 안 나. 나는 지푸라기라도 잡는 심정으로 그녀를 바라본다. 뭐라고 말할까. 못 하겠다고 할까? 그냥 아까 촬영한 테이크

쓰자고 할까. 아니, 조금만 더 내가 힘이 날 때까지 기다려달라고 할까. 나는 침을 꼴딱 삼키고, 잠시 그녀를 바라보다, 다짜고짜 머릿속에 있는 말을 내뱉어본다.

"……이병헌이 해도 힘들겠죠?"

아니, 무슨 질문이 이래.

내가 뱉어놓고도 당황한다. 지금 이게 무슨 시추에이션이야…… 새벽 3시에 남산에서 갑자기 이병헌 얘길 왜 하는 거야. 감독님한테 지금 무슨 말을 듣고 싶은 거야.

내 질문을 들은 찰나, 식어버린 땀과 분장용 스프레이로 떡 진 내 앞머리를, 말라버린 입술 껍질을 바라보고 있던 걸까. 아니면 그 어느 때보다도 초조해 보이는 내 눈을 본 걸까. 감독님은 금세 내가 왜 이런 말을 하는지 안다는 듯, 희미하게 미소한다. 나는 그녀의 미소에 조금 힘이 나는 것 같다.

"이 신이요. 이병헌이 했어도…… 이렇게 힘들었을까요?"

나의 두 번째 질문을 들은 감독님은 미소를 거두고 정색한다. 그리고 그 똘망한 눈으로, 그 작은 목소리에 힘을 주어, 궁서체로 말한다.

"그럼요. 이병헌이 했어도 이 신은 정말 힘들었을 거예요."

그녀의 대답을 들은 나는 무심히 고개를 끄덕인다. 그래. 이 신 자체가 연기하기 어려운 신인 거야. 기라성 같은 선배 배우들에게도 힘든 신일 거야. 이병헌에게도 알 파치노에게도 힘든 신일 거야. 그러니까 너무 네 자신을 책망하지 마, 문경아.

"그리고 희서 배우는 지금 충분히 잘하고 있어요. 준비되면 알려주세요."

내가 원했던 위로의 말이 무엇인지 안다는 듯, 조용히 내게 답하고 또다시 멀어지는 한가람 감독님의 뒷모습을 바라본다. 왠지 모르게, 여태까지 내 가슴을 억누르던 불안과 못된 말들이 지금 이 순간, 조금은 사그라든 것 같다.

그래, 나 불안하고 힘들고 도망가고 싶다. 근데 나 안 도망갈 거거든? 나 일단 열한 번째로 부딪쳐볼 거거든. 안 하고 후회하는 거보다 해보고 망하는 게 낫거든. 이번에도 내 뜻대로 안 되면, 그때 받아들이면 되지, 나의 부족함을. 나의 오만과 욕심만큼 갖추어지지 않은 나의 실력을. 나는 나에게 연거푸 말을 건다. 괜찮다고. 이번에도 NG여도 괜찮다고. 그러자, 말랐다고 생각했던 눈물이 마음속에 고여온다. 휘날리는 낙엽과 갈대를 잠재우듯 축축하고 뜨거운 무언가가 올라온다. 지금이다.

"감독님, 저 갈게요."

촬영마다 수없이 오고 가는 말, '갈게요'. 한 번 더 갈게요, 다시 갈게요, 마지막으로 갈게요…… 저, 갈게요.

"슛 갈게요!"

NG여도 좋다. 좌절해도 좋아. 이미 풀린 운동화끈을 다시 매지 않은 채. 이미 식어버린 땀에 붙은 앞머리를 넘기지 않은 채, 나는 열한 번째 테이크를 향해 달려간다. 차가운 공기를 가로질러, 발끝에 걸리는 자갈들을 차내며 한 발, 두 발, 꾹꾹 내디딘다. 점점 가속도가 붙는다. 숨이 가빠진다.

어느 순간, 머릿속 잡생각들이 멀어지고, 고요한 밤 공기에 자영의 숨소리만이 남는다.

"먼저 자신을 이겨내야 하는데, 이는 단련한다는 뜻이다.
그다음에는 진실을 직시하는 일을 감당해야만 한다."
_키르케고르

〈아워 바디〉의 촬영이 끝난 지도 어언 4년이 지났다.

어느 가을날, 나는 안방에 있던 책장을 작은방으로
옮기다가, 지난 3년 동안 손에 잡을 일 없던 〈아워 바
디〉 대본 노트를 펼쳐본다. 그 첫 페이지에 적힌 키르
케고르의 말이 낯익다. 이 문구를 매일같이 읽으며 촬
영에 임하던 때가 있었다. 윤자영이 되고 싶은 최희서
였고, 최희서가 연기한 윤자영으로 살았던 4년 전 가
을, 밤을 새우던 나날들. 그 어느 10월의 새벽, 지쳐
쓰러지기 직전에 감독님에게 '이병헌'을 묻던 두려움
에 가득 찬 보잘것없는 내 얼굴을 떠올린다. 지금도
생생하게 느껴지는 그날 밤공기가 휘잉 하고 이 작은
방의 벽을 뚫고 불어오는 듯하다.
이제 와서 생각해보면, 나에게 신 20이 어려웠던 이

유는 처음에 시나리오를 읽었을 때부터 그 신을 잘하고 싶었던 욕구가 앞섰기 때문일지도 모른다. 욕심을 버리고 될 대로 되라, 몸을 던졌다면 오히려 더 잘할 수 있었을지도 모른다. 그러나 나는 그 욕심을 붙들고 끝까지 덤볐고, 부딪쳤다. 결국 최종 편집된 영화에는 세 번째 테이크가 담겼다. 하지만 후회는 없다. 아무리 근성이 있어도, 최선을 다해도 안 되는 게 있다는 걸 깨달았던 그날 새벽, 나는 좌절하는 법을 배웠다.

당시 읽었던 조지 쉬언의 《달리기와 존재하기》(한문화, 2003)에서 발견해 적어둔 문구에서, 4년 전에 눈에 들어왔던 구절은 '자신을 이겨내야 하는데'와 '진실을 직시'하는 부분이었다. 그런데 4년이 흐른 지금은 다르다. 오랜만에 마주친 저 글귀에서 '단련한다'와 '감당해야만 한다'가 이제야 와닿는 건 왜일까.

우리가 하는 많은 일이 그렇듯이, 산다는 것은 매일 나 자신을 단련하고, 감당하는 일이겠지? 이겨내기와 진실 찾기에 몰두하던 서른한 살 윤자영, 서른두 살 최희서를 지나, 서른여섯 최희서가 묻는다.

나는 오늘 왜 달릴까.

나는 지금 어디를 달리고 있을까.

배우로서, 사람으로서,

나는 내 자신을 오늘도 단련하고 있는가.

그 단련의 끝이 비록 실패더라도, 그 보잘것없는 내 모습을, 그 진실된 내 모습을, 나는 감당하고 있는가.

○

4년이 지난 뒤에야 비로소 〈아워 바디〉에 대해 쓸 수 있었다. 그만큼 신20은 나에게 트라우마로 남았던 것일지도 모르겠다. 그러나 4년이 흐른 뒤에야 깨닫게 된 것이 있다면, 좌절이 결코 나약한 것만은 아니라는 거다. 내가 오늘 좌절했다면, 그것은 어제의 내가 근성을 갖고 무언가에 도전했다는 증거다.

여러해살이풀

우리 동네엔 뒷산이 있다. 뒷산이라 부르긴 하지만, 내가 사는 아파트 단지를 기준으로 보자면 앞산이다. 또 굳이 따져보자면 산이라고 부르기엔 귀여운 언덕이고 산책로다. 이 작은 산에는 약수터도, 정상도 없고 이름도 없다. 아니, 없는 줄 알았다. 영화 〈반디〉(2021)를 찍기 전까지는.

나는 내세울 것 없는 20대 후반을 보냈다. 오디션은 자주 떨어졌고, 자주 떨어지다 보면 아예 오디션 대상자로 불러주지 않는 날들도 있었다. 동료들과 사비를 털어 연극을 만들기도 하고, S, I와 함께 서울라이트 필름에서 단편영화도 꾸준히 찍었지만, 연극의 관객은 터무니없이 적었고, 단편은 어느 영화제에서도 입선한 적이 없었다. 나는 가끔 사촌 동생의 영어 과외를 하거나, 영어 대본의 번역 알바를 하며 용돈 벌이를 했고, 드라마의 단역으로 출연하며 연기를 향한 갈증을 해갈하고자 했지만, 쉽지 않았다. 보통 단역으로 캐스팅되면 대사가 한두 마디 있는 비서역, 기자역이 대부분이었는데, 그들의 대사란 "회장님, 회의 시간입니다", "이번 사건에 대해 한 말씀 부탁드립니다!"라는 감정 따윈 필요 없는 기능적인 대사들이 전부였다. 왕복 네 시간 거리의 현장에 가서 일곱 시간을 대기하고 10분 촬영하고 오면, 계좌에는 10만 원이 들어올지언정 마음은 탈탈 털려오기 마련이었다.

　배우로 아무도 날 찾아주지 않을 때, 나는 집에서 홀로 글을 쓰거나 영화를 보았다. 가끔 그마저도 답답해지면 운동화를 신고 뒷산에 갔다. 길 건너 아파트 단지의 주차장 끝, 쪽문을 통해 들어가면, 소나무와 벚나무가 듬성듬성 길을 내주는 아담한 산책길이 펼쳐졌다. 주로 어르신들이 산책 삼아 걸으시는 이 뒷산에는 아주 가끔, 근처 어린이집에서 병아리처럼 아장아장 걸어나온 아이들이 낙엽을 구경하러 올 뿐이고, 20대 즈음의 젊은이라곤 뒤통수도 구경할 수 없었다.

　'역시. 우리 동네에서 백수는 나 하나다…….'

나는 툴툴 혼잣말을 하면서 그다지 가파르지도 않은 나무 계단을 헉헉대며 올랐다. 어떤 날은 괜히 할머니들이 귤을 드시고 가는 벤치에 앉아 한동안 발끝을 바라보다, 허리를 숙여 벤치 아래를 내려다보았다. 그러고는 벤치 아래 피어 있는 이름 모를 꽃의 사진을 찍고 다시 집으로 향했다.

뒷산의 야생화는 감탄할 만큼 예쁘지도, 가만히 들여다볼 만큼 특별하지도 않았다. 하지만 하릴없이 뒷산에 오르며 노을이 질 때쯤 집에 가는 내가, 그래도 오늘 뭐 하나라도 보고 느꼈다고 위안하고 싶어서였을까. 어떤 심심한 기록이라도 남기고 싶어서였을까. 나는 사시사철 뒷산에 피는 꽃들을 지나치다, 바라보다, 휴대전화로 성의 없이 사진을 찍고 하산하곤 했다.

그러던 어느 날, 문득 이런 생각이 들었다.

'이 꽃들도 이름이 있을 텐데.'

뒷산에 다니기 시작한 지 한참이 지난 후에야 궁금해졌다. 어제 찍은 그 보라색 꽃 이름은 뭐지? 제비꽃인가, 할미꽃인가. 그때에는 꽃의 이름을 알려주는 앱도 없었으니, 괜히 보라색 꽃 하면 생각나는 이름들을 떠올려보고, 네이버 사전에 입력해본다.

제비꽃Manchurian violet

쌍떡잎식물 제비꽃목 제비꽃과의 여러해살이풀.

할미꽃Korean pasque flower

쌍떡잎식물 미나리아재비목 미나리아재비과의 여러해살

이풀.

나는 검색 결과를 물끄러미 바라본다. 연관검색어

에 함께 뜨는 다른 꽃의 이름도 클릭해본다.

얼레지Dog-tooth violet

외떡잎식물 백합목 백합과의 여러해살이풀.

어수리

쌍떡잎식물 산형화목 미나리과의 여러해살이풀.

……여러해살이풀?

그게 뭐야. 아니, 뭔지 알 것 같은 단어인데, 왜 이렇

게 낯설까. 처음 듣는 단어 조합임에 틀림없다. 여러

해살이풀을 검색한다.

여러해살이풀

여러 해 동안 살아가는 풀. 3년 이상 잇따라 여러 해를 사는 풀. 겨울에 땅 위의 기관은 죽어도 땅속의 기관은 살아서 이듬해 봄에 다시 새싹이 돋는다.

나는 잠시 동안 휴대전화 액정에 떠 있는 낱말들을 바라본다. 한 번 읽고는, 이 친근한 듯 생소한 단어의 정의를 다시 한번 읽어본다. 그리고 어떤 발견에서 오는 너무나도 오랜만에 느끼는 희열, 새로운 앎이 주는 자극에 나도 모르게 눈을 깜박인다. 여러 해 동안 살아가는 풀이라. 이 말의 정의는 왜 이렇게 순박하면서 문학적이고 설레는 걸까. 뭔데 이 말이 이렇게 나를 당기는 걸까.

그날 이후부터 나는 무심코 지나쳤던 여러해살이풀들을 조금 더 자세히 들여다보기 시작했다. 봄, 여름, 가을마다 피고 지는 꽃과 나무들이 있다. 겨울이 오고, 모든 열매와 이파리가 떨어져 앙상한 나뭇가지만 남았을 때, 낙엽과 찌꺼기 밑에서 시나브로 자라고 있을 여러해살이풀의 뿌리들을 생각해보았다. 그리고 이들 위를 지나가는 철새들과 매일 오고 가는 주민들,

주민들 손에 끌려 헉헉대는 강아지들, 그 강아지들이 보고 짖는 산비둘기들을 생각했다. 매일, 매해, 계절마다 이곳에는 시작과 끝이 있다.

보이지 않아도 지속되는 것. 지금까지도, 그리고 앞으로도 여러 해 동안 계속될 삶의 순환. 사랑. 희망. 잉태. 죽음. 이런 많은 것을 생각하다, 나는 문득, 이 여러해살이풀들이 살아가는 뒷산을 배경으로 한 작은 이야깃거리를 떠올린다.

아파트 뒷산에서 이름 모를 들꽃을 보여줬던 남자 친구가 불의의 사고로 세상을 떠난다. 여자와 배 속에 아기를 남긴 채. 수년 후, 여자는 문득 그 꽃이 아직 같은 곳에 있는지 확인하고 싶어서 뒷산을 찾는다. 어떤 연유에선지 말을 못 하는, 아니 하지 않는 어린 딸의 손을 잡고. 어린 딸은 어느 벤치 아래 피어 있는 작은 꽃을 발견하곤 자기도 모르게 입 밖으로 말을 내뱉는다. 그 말은 무엇일까. 여자는 왜 다시 뒷산에 와보고 싶었을까. 어린 딸은 아빠가 어디에 있다고 생각할까.

그렇게 나는 서른이 되던 해에 작은 사랑 이야기를 쓰기 시작했다. 그리고 아직 완성하지도 않은 시나리오 파일에 제목부터 붙였다.

'여러해살이풀. hwp.'

이 여섯 음절로 된 삶의 긍정이 그때 나에게 어떤 위안을 주었던 걸까. 나는 이 제목이 주는 희망이 좋았다. '몇 년만 산다'가 아닌, '여러 해를 살아나간다'라는 이 추동이 좋았다. 그러나, 막상 시작해버린 이야기를 끝맺는다는 것은 쉽지 않은 일이었다. 그 이후로 나는 '여러해살이풀. hwp'를 두고두고 들여다보며 고치다가도, 몇 달을 잊고 살기도 했다. 어떤 날은 대사가 술술 풀리다가, 또 어느 날 읽어보면 시답잖은 이야기에 나 혼자 만족하며 쓰고 있진 않은지 의기소침해져 도망치듯 저장 버튼을 눌렀다.

그렇게 뒷산에서 시작되어, 나 홀로 쓰고 지우기를 반복하던 단편 시나리오는 내가 어느덧 서른여섯이 되었을 때에야, 서랍에서 다시 꺼내어 볼 뜻밖의 계기를 맞는다.

어느 날, 때로는 시니컬한 사촌 오빠 같고, 가끔은 벌레를 같이 잡던 동네 친구 같고, 간혹 천재인가 의

문이 들게 하는, 배우 손석구에게 전화가 온 것이다.

"요 와썹 시스터."

"요 브로."

"야, X나 재밌을 거 같은 프로젝트가 있어. 너 시나리오 써놓은 거 있지?"

"갑자기 뭔 소리."

"야. (그만의 특유의 신난 호흡) 이거 우리 같이하자. 왓챠랑 제훈이네 영화사가 기획하는 프로젝튼데, 배우들이 각자 자기가 쓴 대본을 연출하는 거야. 난 할 거거든? 그니까 너도 같이하자고."

"나도? 하하. 지금 너무 갑작스럽지 않냐."

나는 그의 하이 텐션을 아직 따라가질 못하겠다. 하긴, 이런 적이 한두 번은 아니지만.

"내가 이미 네 얘기도 해놨지이. 야 너 써놓은 거 몇 개 있지?"

"음…… 몇 개까진 아니고, 있긴 있지……?"

"그러니까! 야 이거 우리처럼 쓰는 거 좋아하는 배우들한테 완전 딱 맞는 프로젝트라니까!"

2020년, 나와 배우 손석구는 뜻이 맞는 동료들과 종종 만나서 시나리오를 구상하는 모임을 가졌다. 이전까지 우리가 함께 출연한 단편영화, 연극 등 작업에서 연기 이야기로 토론 같은 긴 대화를 나눈 적은 많았지만, 나는 그를 알게 된 지 10년이 되어서야 그가 연기만큼이나 글쓰기와 영화 연출에도 진심이라는 걸 알게 되었다. 나와 배우 손석구는 성별도 생김새도, 음악과 스포츠 취향도 다르지만, 신기하게도 10년 동안 연기와 글이라는 공통된 열정과 방향성을 공유하는 몇 안 되는 배우 친구다.

손 배우의 신난 하이톤의 목소리가 전화기 저편에서 계속된다. 촬영은 언제쯤이 좋을 것이고, 스태프들은 어떻게 꾸릴 것이며, 캐스팅이 가장 중요한데……이미 제작에 착수한 듯한 그의 계획들이 귓속에 하나둘씩 꽂힌다. 이태원의 어느 카페 밖에서 커피를 기다리던 나는 그의 속사포 설명을 들으며 3월의 하늘을 올려다본다. 카페에서 새어 나오는 볶은 원두 냄새와, 손 배우의 그루비한 목소리와, 구름을 나르는 바람 속에 서서 문득, 봄을 느낀다.

'내가 써놓은 이야기…….'

나는 아주 오랜만에, 여러해살이풀을 떠올린다. 맞다. 나에겐 아파트 뒷산에서 시작되어, 쓰다 만 채로 몇 해가 지나버린 이야기가 있었다. 아직 아무에게도 보여준 적 없는 그 시나리오를 꺼내어볼 기회가 온 것일까. 이 프로젝트를 계기로 올봄에는 그 이야기를 완성할 수 있을까? 이런 기회가 아니면, 내 이야기는 영영 탄생할 길이 없는 거잖아. 그래, 서울라이트필름 이후로 거의 10년 만에 단편영화 연출을 하는 거지만 뭐, 어때. 일단 질러보는 거야.

  "음, 나도 해보지 뭐!!"
  "오예-스! 야, 너 써놓은 거 있지? 난 이제부터 쓸 거야. 그 왜, 예전에 얘기했던 결혼식 가는 이모 이야기 있잖아……."
  휴대전화 저편에서 들려오는 신난 동료의 목소리로 시작되는 영화도 나쁘지 않네. 그래, 오늘 손 배우가 나에게 걸어온 전화 한 통이 새로운 기회일 수 있어. 기회는 절대로 내가 준비되었을 때, 내가 편안할 때 찾아오지 않는 법이니까. 고민된다면 해본다. 갈지 말지 망설여진다면 가본다. 이야기가 내 뜻대로 안 써지고, 영화가 내 뜻대로 안 나와도, 영화 만들기는 결과보다 과정이다.

그렇게 나의 여러해살이풀은 여러 해가 지난 후에야 봄을 맞이했다. 이제 나는 오랜 세월 동안 피고 지면서도, 땅 아래에서 줄곧 살아 있었을 이 이야기의 뿌리가 무엇이었는지, 잘 들여다봐야만 한다.

반디 이야기

I

2021년 11월, 인터뷰를 위해 찾은 어느 논현동 스튜디오에서 나는 올해 들은 질문 중 가장 어려운 문제에 봉착한다.

"사람들에게 영화는 왜 필요한 걸까요?"

긴 웨이브 머리의, 크림색 니트를 입은 기자님이 벙찐 내 얼굴을 보더니 활짝 웃으신다. 그녀의 입술은 마스크에 가려져 알 길이 없지만, 그녀의 눈은 반달 모양으로 반짝이고 있다.

"좀 어려운 질문이죠? 하하. 문득, 여태껏 배우로서 연기만 하시다, 오늘은 이렇게 직접 각본, 감독, 출연하신 작품을 갖고 만나게 되었잖아요. 최희서라는 사람에게 영화는 어떤 의미인지 궁금해져서요."

오늘 이곳에서 나는 박소이 배우와 단편영화 〈반디〉 홍보 일정의 일환으로 매거진 화보를 찍고 인터뷰를 했다. 오후 1시에 도착해 모든 일정이 끝나가는 지금 시각은 저녁 7시 30분. 하루 내내 솜사탕과 무지개를 연상케 하는 알록달록한 의상들을 입고 스튜디오 안을 토끼처럼 뛰어다니던 반디 역 박소이 배우는 먼저 귀가했다. 조명이 하나둘씩 꺼지고, 화보에 쓰인 무대 장치들은 이미 철거되었다. 텅 빈 스튜디오 한편에 나와 기자님 둘만이 남아 있다.

"아…… 그런 어려운 질문을 하시다니."

나는 화보 촬영을 위해 올백 한 머리가 간지러워, 검지 손톱으로 정수리 근처를 긁적거린다. 뜸을 들인다. 영화가 나에게 어떤 의미인지, 왜 사람들에게 필요한지 나는 단 한 번도 자문해본 적이 없었다.

6년 가까이 서랍 속에 묵혔던 〈여러해살이풀〉은 2021년 5월, '반디'라는 전혀 다른 제목의 시나리오로 완성되었다. 모녀가 오래된 아파트 뒷산에 간다는 설정은 같았지만, 뒷산에 반딧불이가 있었다는 조금 더 판타지적인 설정으로 바꾸면서 나는 딸의 이름을 '반디'로 지었고, 그 이름은 곧 영화의 제목이 되었다. 물론, 가장 처음 정했던 이 이야기의 제목인 '여러해살이풀'을 전혀 다른 제목으로 바꾼다는 건 꽤 아쉬움을 남겼다. 그러나 다시 생각해보니, 제목은 달라도 그 이야기의 모태가 '여러해살이풀'에 있다는 것을 오직 나만이 알고 있다는 것도 나쁘지만은 않았다. 훗날 〈반디〉를 생각할 때, 나만이 아는 이 영화의 뿌리가 떠오를 테니.

20쪽짜리 단편영화 시나리오 〈반디〉는 탈고하고 나니 결국 사라지는 것들과 이 세상을 떠난 사람들, 그리고 그들을 추억하는 남은 사람들에 대한 이야기가 되어 있었다.

홀로 아이를 키우며 열심히 살아가는 싱글맘 소영은, 딸 반디에게 아빠 원석이 왜 없는지 사실대로 말을 해줄 때가 되었다고 생각한다. 그러나 이제 갓 열 살 된 아이에게 어떻게 잘 설명할 수 있을까. 소영은 자신이 없다. 왜 어릴 적 다니던 문방구 할머니가 지금은 보이지 않고, 왜 문 앞을 지날 때마다 왈왈 짖던 옆집 강아지가 언젠가부터 짖질 않는지. 왜 오래된 아파트는 곧 허물어져야 하는지. 왜 이 세상 모든 것들은, 태어나면 언젠가는 사라져야만 하는지. 그리고 남겨진 사람들은 그 부재를 어떻게 안고 살아가야 할지, 어린 딸에게 잘 설명해줄 수 있을까.

일곱 번의 수정 끝에 '반디최종고.hwp' 파일의 저장 버튼을 누른 후, 나는 잠시 노트북 바탕화면에 떠 있는 문서 파일 아이콘을 바라본다. 그렇게 몇 해를 묵히고 망각했던 아주 오랜 이야기를 이제야 완성했다. 고개를 저으며 내 이야기를 향한 불신을 한숨으로 뱉어내던 날들을, 이 아이콘을 더블 클릭해서 열어보는 게 점점 외로워졌던 지난 수년간을 떠올려본다.

'아, 충만해.'

기어코 완성하고 나면 어딘지 속 시원할 줄 알았는데, 후련하다기보다는 속이 꽉 찬 기분이 든다. 팽팽하게 차오르는 듯한, 연기할 때와는 또 다른 충만함과 성취감이 내 안에서 찰랑거린다. 하지만, 섣부른 안심은 금물이다. 이제 문서로만 존재하는 이 허구의 이야기를 종이 위에서 일으켜 세워, 매 순간을 한 땀 한 땀 현실로 찍어내야 한다. 카메라 뷰파인더 너머로 딸 반디와 엄마 소영의 삶의 순간들이 펼쳐지면, 살갗으로 느껴질 것 같은 그들의 목소리와 눈빛이 영상으로 담긴다면, 그땐 또 얼마나 행복할까!

그러나 현실은 가혹했다. 나와 반디 역 박소이 배우 각자 드라마를 촬영하고 있었기에 스케줄을 맞추는 게 쉽지 않았고, 원하는 카메라와 조명 기기를 대여하기엔 예산이 넉넉지 못했다. 탈고를 하고 나니 예정된 촬영은 4주밖에 남지 않았는데, 한 달이 채 안 되는 시간 안에 촬영 장소를 정하고, 그 와중에 소영 역 배우를 섭외해서 반디와 리딩을 하고, 두 배우가 친해질 때까지 오순도순 밥을 먹고 여유롭게 수다를 떨 시간…… 따위는 없다. 이럴 수가! 아니, 이럴 줄 알았지만! 돈도 없고, 시간도 없다!

'그래, 사실 나만 혼자 '따블'로 고생하면 되잖아. 감독 겸 배우, 해보는 거야!'

감독이 된 나는 그렇게 배우인 나의 의견은 묻지도 않고 나를 반디 엄마 소영 역으로 캐스팅해버렸고(감독 겸 배우, 말은 참 쉬웠다), 덕분에 주연 배우와 감독의 스케줄을 맞춰야 할 수고 하나는 덜었다. 그럼에도 불구하고, 결국 전체 배우와 스태프 스케줄, 제작비, 날씨, 촬영 장소 등 모든 조건이 다 갖추어져 실제로 영화를 촬영을 할 수 있는 시간은 단 3일 반나절이 주어졌다. 사흘 반 동안 20페이지 분량을 찍어내야 한다니. 그것도 아역배우가 주연인 영화를! 현장에서 스태프들과 장면마다 토론하며 촬영했던 이준익 감독님의 워너비 현장은 이미 물 건너갔다. 토론은커녕, 밥을 꼭꼭 씹어 먹을 시간도, 화장실에 갈 여유도 없는 녹록지 않은 일정을 강행해야 한다.

그렇게 코앞으로 다가온 촬영 일자 앞에서, '매 순간 아름답게 찍어내자'보다는 '한 신이라도 제대로 찍게 정신 바짝 차리자'라는 전투 모드에 돌입한 나는 이미 촬영 시작도 전에 탈진 상태가 되었다.

'난 분명 촬영 준비 중인데, 왜 마음은 시합 준비 중인 거 같지!'

데뷔 링 위에 오르기 전, 손목에 핸드랩을 감는 격투기 선수의 심정이 이럴까.

"혹시 또 연출할 기회가 생긴다면, 다시 하고 싶으신가요?

머릿속을 긁적이던 나는 문득, 기자님을 바라본다. 네, 라고 바로 대답하기엔 자신이 없다. 그러나 자신은 없을지언정 하고 싶은지 아닌지를 묻는다면?

돌이켜 생각해보면, 집에서 홀로 시나리오를 완성하는 시간은 그토록 평화로울 수가 없었다. 탈고 후, 촬영감독과 시나리오의 숏들을 머릿속에 그려가며 콘티를 짜는 테이블 워크 단계까지도 좋았다. 마치 재즈 밴드의 시작, 키보드 솔로가 여유롭게 건반을 두드리며 멜로디를 만끽하는 평화로운 서곡처럼. 그러나 막상 촬영이 시작되어 카메라 앞에서 연기를 하고, 카메라 뒤에서 액션과 컷을 외치며 배우와 스태프를 '감독'해야만 했던 매 순간은 도대체 어디로 향할지 모를, 즉흥 공연의 난장 속에 있는 듯한 기분이었다. 주어진 시간 안에(시간 제한이 제일 가혹하다!) 피아노, 기타, 베이스, 드럼, 색소폰, 콘트라베이스 그리고 가수까지 전부 타이밍을 재가며, 앙상블을 눈으로, 귀로 확인해야 한다. 그 카오스 속에서도 나만의 건반을 여유롭게 쳐내야 하며, 모든 연주자가 각자의 악기에서 최고의 소리를 낼 수 있도록 지휘해야 한다. '아 좋아요, 브라보!' 가끔은 환호를 지르며 서로의 사기를 북돋아주고, 잠시 집중이 흐트러져 박자를 놓친 연주자가 있으면 눈길을 줘야 한다.

악보라는 프레임을 깨고 도달하는 지점이 있어야 한다. 시나리오가 주는 규율 속에서도 변주할 줄 알아야 한다. 그럼에도 불구하고, 밴드 전체가 하모니를 이루어야 한다. 그리고 무엇보다도, 이 모든 것의 책임은 나에게 있다. 그렇다. 영화 〈반디〉를 촬영했던 사흘 반나절은 나에게 그야말로 전투의 시간이었다.

"글쎄요. 지금으로선, 쉽게 또 연출을 하겠다고 말씀드리기가……."

나는 기자님의 눈을 바라보며 그녀의 질문에 대한 대답을 찾는다. 긍정의 말을 쉽게 내뱉기는 망설여진다. 하지만 이젠 못 하겠다고, 안 하겠다고 딱 잘라 말하고 싶지는 않다. 분명, 지난여름의 혼돈 속에서도 빛나는 순간들이 있지 않았는가.

〈아워 바디〉에서도 함께했던 이성은 촬영감독은 나에게 가끔 놀라울 정도로 정확하면서도 문학적인 이유로 앵글을 설명했다. 이를테면 소영과 반디가 뒷산에 가서 겪는 일들이 이 영화의 클라이맥스라면, 그 이후, 하산을 하는 두 사람을 어떻게 찍을지, 솔직히 감독인 나조차 면밀하게 구상하지 못했었다. 그러나 이성은 촬영감독은 그렇지 않았다. 산 정상에 다다른 것을 잘 표현했다면, 그들이 어떻게 집으로 돌아가는지, 그 맺음 또한 그에게는 중요했다.

"해가 떨어진 어둑한 산길을 모녀가 돌아가는 뒷모습을 마치 뒷산의 POV(시점 숏) 느낌으로 롱숏으로 찍으면 좋을 것 같아요. 예컨대 원석의 혼이 뒷산에 머물러 있는 것처럼요. 원석은 소영과 반디가 다시 현실로 돌아가는 뒷모습을 오랫동안 지켜봐줄 것 같잖아요."

그는 아무리 급한 상황에서도 고민을 멈추지 않았다. 만약 주어진 환경이 여의치 않아 우리가 원하던 그림을 못 담게 되면, 시간 탓 날씨 탓을 하는 게 아니라, 이런 상황을 대비해서 플랜 B를 준비하지 않은 자신을 책망했다. 나는 그의 직업 정신에 종종 압도되었고, 숏마다 영감을 받았다.

어디 그뿐인가. 반디 역의 박소이 배우는 현장이 아무리 정신없고 내 설명이 부족해도, 그 싱그러운 미소로 초보 연출인 나를 안심시켰다. 그렇다, 안심시키다, 라는 표현이 정확했다. 소이는 현장에서 나를 포함한 모든 스태프가 바쁘고 다급하며, '희서 엄마'(소이가 나를 부르는 애칭)에게 중요한 촬영이라는 걸 누가 설명해주지 않아도 다 안다는 것처럼, 너그러운 미소로 일관했다. 촬영 전에는 소품을 갖고 놀기도 하고 만화책에 심취해 내 목소리를 못 듣다가도, '숏 갈게요!'라는 조감독님의 목소리를 들으면 기다렸다는 듯 만화책을 책장에 꽂아 넣고, 주어진 장면을 완벽히 소화했다. 영화 현장에 투입된 배우의 역할을 본능적으로 이해했던 걸까. 소이의 모든 몸짓에는 일말의 망설임도, 긴장감도 없었다. 그녀는 '액션'이 외쳐지면 마치 이 세상에 나 홀로 남아, 나만의 놀이터에서 눈앞의 장난감들을 어루만지는 아이처럼 정확하게, 우아하게 움직였다. 나는 쫓기는 촬영 시간에 조마조마하다가도, 그렇게 시나리오 속 반디가 살아 움직이는 모습을 목도할 때에는 마치 시간이 멈춘 것처럼 넋을 잃고 모니터를 바라보았다. 반짝이는 반디의 눈망울을 바라보며 감탄했던 그 순간들은 내 안에 아주 오랫동안 남아 있을 것이다.

나는 긴 생각에서 깨어난다. 50시간이 채 되지 않은 촬영 기간이었지만, 〈반디〉 현장에서도 나는 분명 좋은 크루와 함께했다. 이준익 감독님의 현장처럼. 이런 사람들과 함께라면, 앞으로도 영화를 만들 수 있지 않을까. 쓰고 싶은 이야기가 또 생기면, 쓰면 된다. 만들면 된다, 좋은 밴드와 함께.

"제가 하고 싶은 이야기가 있다면, 또 만들 수도 있을 것 같아요."

"감독님한테는 연출이나 연기만큼 이야기가 중요하군요?"

생각해보니 그렇다. 나는 연기를 좋아하는 것만큼이나 좋은 시나리오, 좋은 스토리를 좋아했던 것일지도 모르겠다. 〈반디〉의 모태였던 〈여러해살이풀〉도

누가 시켜서 쓰기 시작한 것은 아니었다. 좋아서 썼던 거지.

"네, 생각해보니 연기를 할 때도 제가 어떤 스토리의 일부로 쓰이는지가 중요했던 거 같아요."

"그건 왜일까요?"

하하. 난 지금 소크라테스와 대화하고 있는 건가. 기자님의 집요한 '왜'가 감사하면서도 무섭다. 나는 얼핏 웃음이 새어 나오는 것을 삼키며, 다시 생각에 잠긴다. 나에게 연기가 중요한 것만큼이나 이야기도 중요하다. 왜일까.

"아까 물어보신, 왜 사람들에게 영화가 필요할까요, 라는 질문으로 되돌아가면요."

나는 내 안에서 정리되지 않은 해답들을 일단 입 밖에 꺼내어본다.

"우리에겐 어떤 '이야기'가 필요한 게 아닐까요. 영화나 연극, 드라마나 뮤지컬, 소설, 어떤 형태로든요. 아침마다 출근하고 일하고 퇴근하고 밥 먹고 잠드는 일상에서 아주 잠시라도, 다른 사람의 인생이나 생각해보지 못한 세계에 다녀오고 싶어지잖아요. 생각해보면, 연극의 기원은 고대 그리스 비극으로 거슬러 올라가는데, 그 비극이 연극의 형태를 띠기 전에는 단한 사람이 모든 역할을 도맡아서 지문까지 전달했다고 해요. 홀로 무대 위나 마을 광장에 서서 다수의 사람에게 이야기를 전한 거죠. 사람들은 그 이야기를 들으러, 그 이야기꾼을 보러, 모여들었고요."

"변사처럼요."

기자님이 나의 두서없는 답변에도 수긍해주시는 듯하다. 나는 그녀의 눈빛에 힘입어 말을 이어간다.

"맞아요, 스토리텔러의 존재는 기원전으로 거슬러 올라가죠. 그런 변사, 혹은 액터가 존재하기 전에는 아마도, 잠이 들기 전 아기에게 옛날이야기를 해주는 엄마나 아빠가 있었겠죠?"

"네, 우린 태어나서 말을 익히기 시작했을 때부터 수많은 이야기를 접하죠. 감독님 말씀대로 옛날부터 그래왔으니, 이야기란 그렇게 인류의 기원부터 함께했던 게 아닐까요."

나는 기자님의 말씀에 고개를 끄덕인다. 좋은 인터뷰어를 만났을 때 일어나는 일 중 하나는, 인터뷰를 하고 질문에 답하며 내 자신을 더 잘 알게 되는 것이다. 인터뷰 장소에 도착했을 때의 나보다, 인터뷰를 마치고 의자에서 일어나는 내가 조금 더 내 목표와 욕망, 실망에 솔직해져 있다. 놀라울 정도로. 나는 잠시 스튜디오의 천장을 올려다보며, 쉬이 답하지 못했던 기자님의 질문에 대답을 내어본다. 정답은 없다.

"전 감독보다는 스토리텔러가 되고 싶은 것 같아요. 지금까지 배우로서 스토리 안의 인물로 살아가는 것도 스토리텔링의 일종이라고 생각했던 것 같고요. 그래서 이번에 제가 쓴 이야기에 제가 출연하고 연출을 했을 때, 뭔가 더 충만한 기분이 들기도 했어요. 앞으로도 어떤 방식으로든, 이야기를 만들고 있지 않을까요. 어떤 방식으로든, 영화를 하고 있지 않을까요."

나는 기자님과의 인터뷰를 마치고, 검고 낮은 의자에서 일어나 작별 인사를 한 후, 매니저와 함께 주차장으로 향한다. 차갑게 식어버린 차 속 공기를 마시며, 냉랭한 시트 위에 노곤한 몸을 던진다. 차창 밖에는 반짝이는 크리스마스트리 장식들과, 강남대로의 빨간 헤드라이트 행렬이 점멸하고 있다. 한 해가 저물어간다.

〈반디〉라는 40분짜리 영화가 지닌 6년어치 이야기로부터 나는 많은 것을 배웠다. 많은 사람을 만났다. 오직 내 머릿속에서 이미지와 활자로 떠다니던 무형의 이야기가 한 편의 영화를, 그 안의 사람들과 또 다른 이야깃거리를 남길 수 있다는 가능성을 제시했다. 언제 어디서건 나만 고민하기를 멈추지 않는다면, 포기하지 않는다면, 무궁무진한 이야기와 만날 수 있다는 것을. 그 이야기 속 주연이나 조연이 될 수도, 혹은 감독이나 관객이, 독자가 될 수도 있다는 것을. 이 얼마나 신기하고 감사한 일인가. 감사한 마음은 용기를 준다.

'감독이 다시 하고 싶어지면, 하면 되지.'

차창 위로 얼비치는 도심의 불빛을 바라보다, 나는 홀로 고개를 끄덕인다.

'연기를 하고 싶은 만큼 연기를 하면 되고, 글이 쓰고 싶어지면 글을 쓰면 돼.'

그렇게 창밖을 바라보던 나는 문득, 내 자신이 쓸모

없다고 느꼈던 6년 전 매일 뒷산을 오르던 나의 뒷모습을 떠올려본다. 그 당시 별다른 생각 없이 찍어놓았던 들꽃 사진으로부터 '여러해살이풀'이라는 새로운 말을 알게 되어 기뻤던 날. 그 말이 주는 희망이 좋아서 작은 이야기를 쓰기 시작했던 날들. 그리고 수년이 흘러, 갑자기 손석구 배우에게 걸려온 전화 한 통으로 2주 만에 완성된 시나리오 〈반디〉. 전혀 다른 제목이지만 여러해살이풀의 뿌리에서 점점 뻗어나가 한 편의 영화 〈반디〉로 피어난 지금. 그 영화와, 그 영화에 얽힌 모든 이야기를 눈앞에 마주 앉은 기자님과 이야기 나눌 수 있는 지금.

어쩌면 기적은 비범한 것이 아니었을지도 모른다. 어쩌면 기적은 매일 조금씩, 느리게 일어나고 있었다. 겨우내 땅 위에 보이지 않았어도, 땅 밑에서 봄을 준비하던 여러해살이풀처럼.

○

반달 눈웃음이 정겨운 기자님은 인터뷰 전, 이렇게 나를 반겼다.

"희서 씨, 우리 아주 오래전에 만난 적 있어요."

"네? 언제요?"

"577 프로젝트 때…… 벌써 9년 전이죠?"

"어머! 그때 어떤 일로요?"

"그때 저희 《레이디경향》이라는 잡지에서 인터뷰했어요. 혹시 기억나세요?"

"헉……! 너무 오랜만인데요?"

"폐간된 지 좀 되었죠. 전 그동안 희서 씨의 작품 다 잘 보면서 응원했어요! 이렇게 다시 만나게 되어서 정말 반가워요!"

이제 생각났다. 그 인터뷰는 배우가 된 후 나의 첫 매거진 인터뷰였고, 그때 소속사가 없던 나는 떨리는 마음으로 홀로 스튜디오를 찾았었다. 그게 벌써 9년 전이라니. 잠시 우리 둘은 조용해진다. 이내 기자님이 다시 활짝 웃으시며 목소리를 높인다.

"그럼 저희, 인터뷰 시작해볼까요?"

이렇게 또 세상에서 사라진 책을, 그 책이 남긴 두 사람이 기억하고 있다.

부부의 봄

선우정아의 〈도망가자〉를 들으며 인제-양양 터널을 지나고 있다. 10킬로미터가 넘는 이 터널 덕분에 강원도를 두 시간 반 안에 끊을 수 있다지만, 이 터널을 위해 얼마만큼의 흙과 뿌리가 희생되었을지는 모를 일이다. 아무튼, 이 터널 덕분에 나와 S는 평일 저녁 6시에 속초에 있는 장례식장에 다녀올 결심을 할 수 있었다.

"네가 그, 봄이 잔인한 계절이라는 글을 쓴 다음에 있잖아."

운전대를 잡고, 꼿꼿한 목으로 터널 너머의 소실점을 노려보던 S가 입을 연다.

"아, 브런치에 올린 글?"

"응"

"4월이 될 때마다 생각나더라고. 엘리엇 시 〈황무

지〉의 한 구절."

"근데 그 글 읽은 다음에 문득, 진짜 봄에는 죽음이 많구나 싶어. 올봄만 그런 건지. 원래 그랬던 건지."

부부가 되어 두 번째 봄을 맞이한 올해 4월, 나와 S는 오늘로 벌써 두 번째 장례식장에 향하고 있다. 바로 지난주에 할머니를 하늘나라로 떠나보낸 S는 처음 소식을 접했을 때부터 발인하는 날까지 줄곧 평상시보다 조금 더 높은 데시벨로 말했다.

"어어, 나 여기서 엄마 아빠랑 밥 먹었지이."

"자기 촬영 늦게 끝나면 오늘은 집으로 바로 가아."

상복을 입고 장례식장과 집을 왔다 갔다 하던 S는 여느 때보다 씩씩해 보였고, 목소리에는 힘이 들어가 있었고, 눈에는 핏줄이 서 있었다. 그렇게 발인을 하루 앞둔 날, 화장실에서 나오던 S가 고개를 갸우뚱하면서 검지로 입속 점막을 훑어본다.

"입안이 다 헐었네. 자다가 울음 나오는 거 참았나 봐."

S는 우리가 교제하던 시절부터 어릴 적 할머니와 살았던 이야기를 종종 했었다. 삼선교에 있던 한옥집

의 대청마루가 시원했다던 이야기, 손주가 좋아하는 생강맛 식혜를 할머니께서 손수 만들어주셨다는 이야기, 할머니께서 검둥개 해피에게 매끼 밥을 줄 때, 간이 싱겁다고 국밥에 소금 간을 해서 주셨다는 이야기, 이제 와 생각해보면 그런 것 먹고도 해피는 참 오래 할머니댁에서 살았다는 이야기 등. S를 통해 바라보았던 유년 시절의 할머니의 모습은 어느 소설 속, 혹은 장기 방영했던 TV 연속극 속 등장인물처럼 힘차게 살아 계셨다. 그런 할머니께서 어느덧 거동이 불편하시게 되고, 줄곧 요양 병원에서 지내시다 어느 봄밤, 영원히 이 세상과 이별을 고하신 거다. S가 아무렇지 않을 리 없었다.

"울어도 돼. 참지 마."

토닥토닥, S의 축 처진 등을 쓸어주고 촬영장으로 향하던 나도, 차창 밖으로 시퍼렇게 빛나는 이파리들을 바라보며 혀로 입안을 쓸어본다.

생각해보니 SNS에서 이런 글을 본 것 같기도 하다. 원래 어르신들이 봄이 되면 많이들 떠나신다고. 왜 그런 걸까. 삶과 죽음에 이유는 없겠지만, 매년 봄이 되면 묻는다. 왜 피는 걸까. 왜 지는 걸까.

속초의료원 장례식장에 다다랐다. 밤 10시 30분. 낮이었다면 영랑호 너머로 보였을, 저고리 주름처럼 굽이진 설악의 산세도 어둠에 덮여 있다. 가로등마저 없었다면 그 아래가 물가라는 것도 몰랐을 거다. 차 한 대도 다니지 않는 조용한 호숫가에 위치한 장례식장에서, 우리는 10년 지기 동생의 부친 영정을 마주한다.

"아버님 얼굴 보니까 기억난다."

난 S에게 귓속말을 한다. 영정 앞에 떨어진 흰 국화 꽃잎을 주워 쓰레기통에 버리고 있는 B의 뒤통수, 집게핀으로 틀어 올린 긴 머리카락이 얼핏 보인다. 상복의 검은 치마가 껑충 올라오는 훤칠한 키의 동생 B는 홀로 빈소를 지키고 있다. B가 우리를 볼 때까지 좀 밖에 서 있을지, 아니면 바로 들어갈지, 마스크에 가려졌지만 어떤 눈으로 B와 인사를 해야 할지 잠시 망설인다. 그러나 금세, 엉거주춤 서 있는 우리 부부를 B가 먼저 발견한다. 그녀의 긴 눈이 반달이 되어 웃는다.

약 7년 전, 나와 S, I는 함께 단편영화를 만들던 서울라이트필름의 멤버 중 한 명인 동생 B의 고향 속초에 놀러 간 적이 있었다. 대포항 근처에서 가게를 하시던, B만큼 고운 B의 어머니께서는 따끈따끈한 오징어순대 한 접시를 내주셨고, 키가 훤칠하셨던 아버님께서는 B와 같은 눈웃음으로 반겨주셨다. 서울에 와서도 가끔 어머니의 오징어순대가 생각나서 주문해서 먹었고, S가 회사 동료들에게까지 맛 좀 보라고 돌렸던 기억도 난다. 대학 졸업 후, 각자 직장으로 흩어지며 자주 볼 순 없었지만, 봄마다 목련이 피면 가던 술집에서 정종을 함께 마시고, 내가 출연한 영화 시사회가 열릴 때면 퇴근길 지하철에 몸을 싣고 영화관에 달려와 주는 B였다. 그녀는 대학생 때에도, 사회에 나와서도, 항상 강인했다. 탈색한 노란 머리카락을 휘날리며 퇴근 후에는 스윙 댄스를 췄고, 매해 열리는 재즈 페스티벌에서 자원봉사를 한 지도 벌써 10년이 넘었다. 홀로 속초를 떠나 자신만의 삶을 힘차게 일구어낸 무남독녀 B에게는 그녀만의 자부심이 있었고, 그 자부심은 자만이나 과시가 아닌, 건강한 힘이었다. 단단한 뿌리처럼 버티는 힘이었다.

그런 B에게 작년 가을부터 예기치 못한 이별이 닥쳤다. 어머니를 떠나보낸 지 1년도 채 안 되어 아버지가 그 뒤를 따르게 된 것이다. 작년엔 못 갔지만 올해

엔 가야지, S와 나는 망설임 없이 그렇게 해 질 녘 푸르스름해진 하늘 너머 동해로 향한 것이다.

"배춧국이 왜 이렇게 맛있냐."

상갓집 음식이 맛있다고 느낀 건 우리만이 아닌 것 같았다. 주변을 둘러보니 다행히도 빈소를 지키는 건 B 혼자였으나, 테이블엔 그녀 또래의 친구들이 옹기종기 모여 배춧국에 소주 한 잔, 아니 한 병씩 마시고 있었고, B를 위해 포도와 토마토 등을 싸 온 세심한 고향 친구들도 보였다. 아까 샌드위치 먹었으니 안 먹겠다고 해놓고는, 플라스틱 수저로 배춧국을 호로록 호로록 먹으며, 나무젓가락으로 멸치볶음까지 섭렵하고, 종이컵에 맥주를 따르던 나에게 B가 쪼르르 다가온다. 한 손에는 아이스 아메리카노, 한 손에는 휴대전화를 들고.

"B야, 문경이가 안 먹겠다더니 한 그릇 다 먹었다. 난 이 오징어무침이 맛있네."

S가 한층 업된 목소리로 B에게 말을 건다.

"아유, 속초잖아요. 게다가 고랭지 배추로 한 거라."

B가 반달웃음을 지으며 마스크를 내리고는 아이스

253

아메리카노를 쪽 하고 빨아들인다. B의 정신은 지금 저 커피 한 잔으로 버티고 있는 것일까? B는 이럴 때에도 어쩜 저리 강인할까, 아니, 강한 척하는 거겠지? 그런데 어떻게 척이라도 저렇게 할까? 강인하니까 할 수 있는 거겠지? 나는 배춧국을 먹다 B의 옆모습을 살피면서도 머릿속에 온갖 생각이 교차하는데, 조문객을 본 B는 아메리카노 잔을 내려놓고 다시 일어선다. 오늘 아마도 몇십 번은 앉았다 일어섰다 하며 사람들의 상을 치우고 배춧국을 가져다줬을 B의 종아리가 멀어진다.

"B 그래도 괜찮아 보이네."

S가 말한다. 나도 B에게 눈을 고정한 채 말한다.

"괜찮진 않겠지만, 지금으로선 괜찮아 보여 다행이다."

우리가 할 수 있는 건, 힘내, 괜찮니 등의 위로의 말이 아니다. 지금 우리는 감히 어떤 말도 위로가 될 거라 생각진 않는다. 지금 우리가 할 수 있는 건, 그저 영랑호의 바람이 불어오는 마룻바닥에 다른 조문객들과 함께 앉아, B가 가져다준 배춧국과 멸치볶음과 오징어무침을 맛있게 먹는 일이다. 그것들을 안주 삼아 나는 작은 종이컵에 맥주를 따르고, S는 캔커피를 마시는 일이다. B가 앞으로 오랫동안 기억할 가슴 아픈 날이 기억할 때마다 너무 시리지 않도록, 잠시 그 안의 작은 풍경으로 남는 일이다.

'그래도 우리, 오늘 속초 오길 잘했다.'

나는 맥주병에 남은 마지막 방울까지 똑똑 종이컵에 따르며, S에게 눈으로 말한다.

나와 S는 나란히 서서 주차장으로 내려가는 엘리베이터를 기다린다. 이제 12시 반이 되어가니, 집에 도착하면 새벽 3시가 넘겠다. 이때, B가 슬리퍼를 신고 배웅 나온다. 엘리베이터가 내려올 때까지, 나란히 서서 기다리는 우리 셋 사이에 잠시 동안 침묵이 흐른다. 이내 B가 입을 연다.

"와주셔서 너무 고마워요, 진짜로."

"아니야, 당연히 와야지. 지난번에 못 와서…… 꼭 오고 싶었어."

S가 말한다. 나는 아무 말 없이 B의 어깨를 쓸어내린다. 토닥토닥. B가 나와 S의 얼굴을 번갈아 본다.

"……무슨 말을 해야 할지 모르겠다. 헤헤."

B는 마치 불쑥 튀어나온 속내가 조금 쑥스러운 듯,

몸을 반쯤 저쪽으로 돌렸다가 다시 우리 쪽을 본다. 나는 고개를 저으면서 말한다.

"아무 말 안 해도 돼."

띠링- 엘리베이터 문이 열리고, 우리는 B를 남겨둔 채 안으로 들어가 엘리베이터 양쪽 문이 천천히 닫힐 때까지 B에게 인사를 한다. 밥 잘 챙겨 먹어야 해. 서울 오면 연락해. 우리 집에 한번 와, 제나도 만날 겸. 엘리베이터 문이 꼭 닫혀 틈새로 보이지 않을 때까지, 나와 S는 머릿속에 떠오른 모든 버전의 작별 인사를 다다다 내뱉어본다. 그런 우리의 서툰 인사를 전부 받아주면서, B는 우리가 시야에서 사라질 때까지 철문 너머로 고개를 끄덕이며 우뚝 서 있었다.

"어찌 보면 B가 처음으로 우리한테 솔직하게 털어놓은 것 같아."

인제-양양 터널을 지나자, 숨통이 좀 트이는 것 같다. 딱 두 시간 있었던 장례식에서 돌아오는 길, 새벽 1시에 달리는 이 고속도로의 바람을 맞고 싶어 차창을 내린다. 달근한 강원도의 봄밤이 밀려온다.

"응? 무슨 말?"

S가 나에게 묻는다.

"아까 왜, 엘리베이터 앞에서. B가 무슨 말을 해야 될지 모르겠다고 했잖아. B가 그렇게 솔직했던 거 처음인 것 같아. 항상 왜, 언니 난 괜찮아요, 오빠 저 멀쩡해요, 입에 달고 살았는데."

S는 고개를 끄덕이며, 듣고 보니 그렇네, 하고 중얼거린다. 그러고는 이내 웃으며 말한다. 내가 우리 모임에서 술 마시고 일찍 뻗지만 않았다면, 항상 밤이 지긋해져야 인생 얘기를 털어놓는 B의 속마음을 들을 수 있었을 거라고. 나는 그런가? 하고는 창밖을 바라본다. 그래도 B가 우리에게 엘리베이터 앞에서 그렇게 말해주어서 참 다행이다. 괜찮지 않은데 괜찮다고 말하지 않고, 힘이 안 나는데 힘낼게요, 라고 하지 않아서, 우리에게 솔직하게 털어놓아줘서, 고맙다.

나와 S는 잠시 아무 말 없이 서울로 향하는 고속도로 너머를 바라보았다. 가로등은 드문드문 있었고, 도로 위에는 우리밖에 없었다. 가도 가도 끝이 없을 것만 같은 어둠 속에서, 초록색 표지판의 지명들은 서서히 바뀌었고, 이윽고 도시의 불빛이 보이기 시작했다.

그리고 문득, 나는 항상 내 옆에 S가 있어서 참 다행이라는 생각이 들었다.

　새벽의 고속도로 같은 암흑의 시간에도. 앞으로 다가올 잔인한 계절들과, 그 이후에 올 찬란한 순간들에도, 내 옆에는 S가 있을 것이다. 부부로 살며 우리는 이런 봄, 저런 봄을 맞이할 테지. 앞으로도 오랫동안 우리가 부부로서 맞이했던 두 번째 봄, 꽃이 피고 삶이 졌던 4월을 기억할 테다.

하우 이즈 유어 라이프?

갓 내린 커피가 잠시 식기를 기다리며 창밖을 바라본다. 바깥에는 영산홍의 봉우리가 알알이 맺혔다. 내일이면 조금씩 분홍색 꽃들이 터지기 시작할 것이다. 그 옆에는 작년에 피다 진 수국이 가지에 매달린 채 새해를 맞이했다.

'근데 나 뭐 하지? 나 오늘 뭐 해야 하지?'

5월에 들어서면서 왠지 모르게 매일 아침 좌불안석이었다. 드문드문 잡혀 있던 촬영 일정도 앞으로 2주 동안은 없을 예정이다. 여태껏 경험해본 적 없는 전염병의 계절은 봄도 여름도 집어삼키고 있다. 우린 앞으로 어떻게 될까? 아니, 인류를 걱정하기 이전에 일단 내 앞가림이나 잘해야 할 텐데.

'나 이제 백순가 봐.'

출근한 S에게 문자를 보낸다. S의 답장을 기다리지

만 오지 않는다. 회의 중인가. 나는 잠시 전화기를 만지작거리다가 문득, 오늘 인도에 있는 T와 영상통화를 하기로 했다는 생각이 난다. 서울 시각으로 4시에 보자고 했으니, 어디 보자…… 스마트폰의 세계시계 아이콘을 눌러본다. 뭄바이와 서울의 시차는, 세 시간 30분. 우리나라보다 세 시간 반 느린 타임존에 사는구나. 생각해보니, 나는 태어나서 단 한 번도 서울과 세 시간 반이라는 시차가 있는 나라로 여행을 떠난 적이 없다. 세계시계 아이콘을 물끄러미 들여다보며, 그와 나 사이, 좁혀질 수 없는 시간의 빈자리를 생각해본다.

2007년, 나는 미국 UC버클리에서 연극 공부를 하며 T와 처음 만났다. T는 컴퓨터공학과이면서 공연예술과를 이중 전공하는 유학생이었고, 동시에 수강생들 가운데 유일한 인도 사람이었다. 교환학생이면서 공연예술학과 수업을 듣는 유일한 동양인 학생이었던 나와 그는, 가을 학기가 시작된 첫날부터 꽤 가까워졌다. 후줄근한 추리닝을 몸에 두르고 극장 객석에 널브러져 교수님을 기다리던 동기들 사이에서, 홀로 매끄러운 인도산 리넨 셔츠를 입고 뒤를 돌아보며 나에게 말을 붙이던 그의 첫인상은 무척 강렬하게 남아 있다. T의 영어에는 인도 억양이 묻어났는데, 그 둥글고 리드미컬한 억양으로 "넌 어디서 왔어?" "네 이름 멋지다. 어떻게 발음하는 거야?" 하며 나에게 질문 공세를 쏟았고, 그의 질문에 정신없이 답하다 보니 학기 첫날 긴장했던 마음이 금세 누그러졌었다. 그의 영어는 유창했고 재치가 넘쳤다. 컴공과와 연기과를 이중 전공하다니, 그런 사람은 한국에서도 미국에서도 본 적이 없었다.

아침부터 저녁까지 대본 읽기, 연습, 발표의 연속이었던 1학기는 눈 깜짝할 새에 지나갔다. 나와 T는 첫 학기부터 〈윈터타임Wintertime〉이라는 가을 정기 공연을 함께 올리게 되면서 매일 방과후 연습에 함께했고, 수업 시간에는 안톤 체호프의 연극 〈갈매기〉 장면 발표를 하며 꽤나 가까워졌다. 짧은 겨울방학이 지난 후, 2학기에는 처음으로 '연극 연출' 수업을 들었는데, 내 생애 첫 연출작이었던 베케트의 단막극 〈러프 포 시어터Rough for Theatre I〉에서 T가 주인공을 맡게 되었다 (그렇다, T는 나의 첫 연출 데뷔작의 주연 배우였고, 나는 그 작품에서도 연출 겸 배우를 했었다!). 이로써 T는 그게 과제든 정식 공연이든, 모든 형태의 작업을 통틀어 나의 미국 유학 기간 중 가장 많이 호흡을 맞춰 본 배우가 되었다.

T는 줄곧 무대 위에 맨발로 섰다. 나무로 된 무대 위에 견고하게 우뚝 선 그의 모습은 그 무대 위 다른 누구보다도 편안해 보였고, 그런 유연한 에너지가 그를 더욱 돋보이게 만들었다. T는 결코 키가 크거나 소위 발리우드 스타들의 조각 같은 이목구비를 지니진 않았지만, 그런 외적인 모양새 따위 그에게도, 관객에게도 중요하지 않았다. 왜냐하면 그가 무대 위 맨발로 오롯이 서 있는 것만으로도 'interesting', 흥미진진한 배우였으니까. 평상시 인도 억양이 묻어나오던 그의 말투는 역할에 따라 불어도, 영국식 영어도 자유자재로 다룰 수 있었다. 그는 파티를 좋아하는 프랑스인 손님 역을 맡았을 때에는 부드러운 프랑스 억양과 함께 매끄러운 다리를 자랑하며 폴댄스를 추었고(여자든 남자든 성별이 중요하지 않은 역할이었다!) 2백 살은 거뜬히 넘은 그리스의 점성술사 역을 맡았을 때에는 그야말로 하데스의 눈빛이 있다면 저럴까 싶은 검은 아우라를 내뿜으며 무대 위를 장악했다. 변신의 귀재였

던 T는 주인공보다도 눈에 들어오는 조연이었고, 퇴장하면 다음 등장이 제일 기다려지는 배우였다.

그러나 2008년에 내가 UC버클리를 떠난 후, 그로부터 10년이 넘는 세월 동안 우리는 같은 무대에 서지 못했다. 우리는 각자의 타임존에서 낯선 무대에 올라 새로운 배우들을 만나고, 연기하고, 카메라 앞에 섰다. 나는 종종 페이스북으로 T의 소식을 접했는데, 그는 버클리 졸업 후, 내가 무려 3차 오디션에서 떨어졌던 영국의 왕립연극학교 RADARoyal Academy of Dramatic Arts에 합격했고, 그곳에서 3년간의 연기 트레이닝을 마쳤다고 했다. 처음 그 소식을 접했을 때, 나는 왠지 T가 그 학교에 붙었다는 사실만으로 내 마음속에 조금이나마 남아 있던 연극학교 진학에 대한 미련이 녹아내리는 듯한 기분이 들었다. 그래, 네가 갔음 됐다! 너라면 붙을 만하지! 하하. 실제로 나는 그에게 그렇게 축하 메시지를 보냈던 기억이 난다.

30대에 접어든 우리는 더 이상 아마추어 학생 배우가 아니었다. T와 나는 각자의 나라에서 연기를 업으로 삼는, 직업 배우가 되었다. T는 RADA 졸업 후, 영국과 인도를 오가는 '글로벌 배우'가 된 듯했지만, 그의 말론 자기는 발리우드 스타가 아니라서 인도에서도 영국에서도, 그만큼 기회의 폭이 넓지 않다고 했다. 오디션을 봐도 맡을 수 있는 역할에 한계가 있다고. 상업영화나 드라마에서는 이미 유명한 스타 배우들을 쓰려 한다고. 그 말에 나는 '어딜 가나 똑같구나'라는 말과 함께 눈물 흘리며 웃는 이모티콘을 보냈었다. T는 종종 SNS 메시지로, '문, 너와 또 무대에 서면 얼마나 좋을까!' '우리 정말 재밌었는데!'라고 안부를 보내왔고, 그에게 오랜만에 연락이 오면 나 또한 향수에 젖어 10년 전의 행복했던 캘리포니아 유학 생활을 떠올렸다. 햇살 좋던 오후에 야외무대에 서서 셰익스피어 독백을 발표했던 날, 연습이 끝나고 잔디밭에 누워 와인을 마시며 처음으로 코가 뻥 뚫리는 염소 치즈를 먹어본 날. 막공이 끝난 밤, 동기의 집에서 다 함께 드럼을 치고, 탬버린을 흔들며 노래를 불렀더니, 이웃 주민의 신고에 경찰이 출동했던 날도 있었다. 나의 모든 버클리에서의 추억에는 T가 있었다. 그러나 그 추억들마저도 이제 아득히 먼 옛날의 것이다. 2007년, 2008년이라는 과거의 시간들은 캘리포니아의 햇살만큼 뜨겁게,

조용히, 증발하고 있다.

　지금은 2020년 5월. 팬데믹은 부지불식간에 우리 삶의 틈새로 파고들어 조금씩 숨통을 옥죄어 오고 있었다.

　"문! 잘 지내고 있어? 바이러스는 어때? 이쪽은 엉망진창이야."

　그러던 어느 날, T에게 모처럼 연락이 왔다.

　"나 정말 좋은 작품에 주인공으로 캐스팅됐는데, 젠장! 무기한 연기되었어. 그뿐 아니라 영국 쪽 드라마 오디션도 보고 있었거든. 그런데 다 셧다운되었지 뭐."

　"그렇구나. 난 아직 직접적인 피해는 없지만…… 앞으로 개봉할 영화가 걱정이야."

　"아, 개봉할 영화가 있구나! 축하해! 하지만 음…… 내년이면 나아지려나? 아무튼 난 요즘에 요가하고 책 읽고, 피리 불고! 아, 알지, 나 피리 부는 거? 가끔 인스타에도 올리고 있어, 하하. 아무튼 동료 배우랑 줌으로 통화하다가 문득, 네 생각이 났어."

"아, 정말?"

"응. 넌 배우로서 어떤 삶을 살고 있나 궁금해져서. 한국에서 여자 배우로 살아가는 건 어떤 삶인지. 난 너처럼 멀리 사는 배우 친구들이 꽤 있거든. 그래서 말인데 우리 이참에, 각자 서로의 나라에서 배우로서 살아가는 것에 대해 인터뷰를 해보면 어떨까. Tell me about your life as an actress."

그동안 어떤 인터뷰에서도 이렇게 훅 들어오는 질문을 받아본 적은 없었다. "배우 최희서 씨는 촬영 없을 땐 뭐 하세요?" "배우로서 가장 고민인 지점이 뭘까요?" 같은 질문은 작품에 관한 질문 끝에 보너스로, 혹은 뭐랄까, 곁다리로 묻는 질문인데 '배우로서의 삶은 어떤 삶인가요'라고 정면으로 돌직구를 던진 사람은 T가 처음이다. 그것도 연기를 직업으로 삼는 배우에게 이런 질문을 받다니. 당황스럽고 신기한데, 또 흥미롭기도 하다.

"그래? 난 좋아. 근데 갑자기 그런 생각이 든 거야?"

"응, 사실 예전부터 해외에 있는 배우 친구들이랑

소통하고 싶긴 했는데. 바이러스 때문에 집에만 있으니까 여러 가지 아이디어가 떠오르더라고. 어쩌면 바이러스 덕분이랄까? 친구들을 인터뷰하고 싶은 생각이 들었어."

한국에 있는 나만큼이나, 인도에 사는 T에게도 뭘 해야 될지 모르는 혼돈의 시간이 도래한 걸까. 장대비가 쏟아지는 뭄바이의 여름 앞에서, 홀로 요가의 헤드스탠드 자세를 하다가 문득 내 생각이 든 것일까. 창밖의 장마는 멎을 생각을 안 하는데, T의 마음 한구석은 지속되는 촬영 취소와 연기 끝에 쩍쩍 가물어 갈라지고 있었겠지. 그런 척박한 환경 속에서 내 얼굴을 떠올렸구나. 고맙다. T의 그런 관심이 멀리 있는 나에게 위로가 된다.

"내 생각이 났어? 고마워!"
"그럼, 당연하지, 문! 네 생각 자주 하지."
"우리 그럼, 내일 오후에 통화할래? 여기 내일 오후는 너에게도 내일 오후인가?"
"그럴 거야. 우리 시차는 아마 서너 시간 정도일 거

야. 너 페이스타임 되지? 그럼 우리 내일 오랜만에 얼굴 보고 수다 떨자!"

그렇게 다음 날 오후 3시 55분. 나는 T의 전화를 기다리며, 아직 필 기미가 보이지 않는 수국의 푸른 잎사귀를 바라보며 앉아 있다. 입술 끝이 데일 정도로 뜨거웠던 커피가 김을 올리며 식어간다. 후루룩, 한입 마시고 머릿속을 정리해보자.

배우로서의 삶에 대해서 난 T에게 무슨 이야기를 할 수 있을까? 배우로 사는 게 즐겁다? 힘들다? 즐겁고 힘들다? 행복한데 고통스럽다? 생각해보니, 내가 자신에게 단 한 번도 해본 적 없는 질문이다. 배우로서 어떤 삶을 살고 있는지 생각할 겨를도 없이 그냥 하루하루를 열심히, 지난 10년을 살았던 것 같은데……

난 잘 살아왔던 걸까?

이때, T에게서 전화가 왔다.

질문이 시작된다

2020년 5월 6일,
서울, 오후 4시.
뭄바이, 오후 1시 30분.

"Moon!"

내 아이폰 화면 가득 T의 얼굴이 떠 있다. T는 그의
피부와 잘 어울리는 보랏빛 티셔츠를 입고 있다. 아무
런 무늬도, 상표도 보이지 않는 심플한 보라색 티셔
츠. 목덜미가 한껏 늘어나 있지만 그래도 여전히, 어
딘지 멋스럽다.

"T! 오랜만이야!"

언제나 '뭘 입어도 T가 입으면 있어 보이는' 축복
받은 아우라가 있었다. 인도식 튜닉 블라우스를 입
든, 캠퍼스 앞 빈티지스토어에서 산 20불짜리 청재킷

을 걸치든, 그는 늘 남의 눈을 신경 쓰지 않고 유유자적 캠퍼스를 걸어 다녔다. '내가 뭘 입든, 난 나야' 하는 감성. '나 오늘 수업 안 가, 날씨가 너무 좋아서' 하는 감성. 지금 생각해보면 T가 지녔던 그 독특한 분위기는 그만이 가진 애티튜드, 삶을 향한 태도에서 발산되는 것이었던 듯하다. 세월이 흘러 그의 진갈색 눈동자 옆에는 그을린 듯한 잔주름이 자리 잡기 시작했다. 그런데 그 주름마저도 멋으로 보인다. 그가 즐겨 입던 인도 튜닉이나 빈티지 재킷처럼 그에게 편안해 보이는, 잘 어울리는 주름이다. 잘 늙는다는 것은, 결국 여유를 잃지 않음일까.

"문! 내 인터뷰 요청을 흔쾌히 수락해줘서 고마워. 여기가 우리집이야! 별거 없지만."

T는 자신의 휴대전화를 움직이며 머나먼 뭄바이의 작은 공간을 나에게 보여준다. 스마트폰 스크린 위, 열화된 화질로 뿌옇게 보이는 비둘기색 페인트 벽이 울렁거린다. 그가 인스타그램에 집 안 영상을 올릴 때마다 등장하는 하얀 창틀도 얼핏 보인다. T는 자신의 오디션 제출용 연기 영상 중 NG컷들을 종종 올리곤 했다. 예컨대 촬영 버튼을 누르고 카메라 앞에 서서

연기하려는 순간, 삼각대가 넘어져 화면이 마룻바닥으로 고꾸라지거나, 소품으로 쓰는 과자 봉지가 터져 연기하는 도중 감자칩이 공중에 낙엽마냥 휘날리는, 생생하고 재미난 영상이 많았다.

"창밖엔 바다도 보여! 나무도 있고. 오직 나만 볼 수 있는 경치지."

그는 나에게 자신이 사는 공간과 매일 보는 풍경을 어떻게든 보여주고자 전화기를 이리 뻗고 저리 비추는 중이다. 창밖에 바다가 보인다고는 하지만, 그의 베란다 바로 앞에 우뚝 서 있는 펜션인지 아파트인지 모를 흰 건물에 시야가 반은 가려져, 저 멀리 일렁거리는 검은 덩어리가 바다려니, 짐작할 수밖에 없다. 그래도 나는 '오 마이 갓, 쏘 나이스!'라고 격한 리액션을 보낸다. 전화기 화면 가장자리에서 야자나무 이파리가 휘청이며 화면 안으로 들어왔다 나갔다 하기를 반복한다.

뭄바이는 지금 한창 장마와 태풍이 휘몰아칠 긴 여름을 코앞에 두고 있다. 아니, 어쩌면 이미 태풍 속에 있다. 그러든 말든, T는 지금 서울에 있는 나를 이렇게나마 만나 무척이나 신나 보인다. 나도 그에 회답하듯 괜스레 업된 톤으로 그에게 말한다. 말한다기보다

거의 샤우팅에 가깝다. 왜 사람들은 영상통화를 할 때 꼭 이렇게 소리를 지르게 될까. 목소리를 높이면 마치 우리를 갈라선 물리적 거리가 단축될 것만 같은 착각이 드는 걸까.

"난 촬영이 아직 조금 남아 있지만! 곧 백수가 될 예정이야! 하하!"

나는 그의 신세가 곧 내 신세가 될 거라는 것을 알려주며 괜히 소리 내어 웃어 보인다. T가 나의 바통을 받는다.

"난 올해 모든 촬영과 오디션들이 전부 취소되었어. 하지만 언택트로 대본 낭독 공연도 했고, B급이지만 단막극 같은 것도 했어. 그래도 나 말고 다른 출연진들은 다 유명한 배우들이었어. 걔넨 나보다 인스타 팔로어도 열 배 넘는다?"

"언택트로 드라마도 촬영했단 거야?"

"제대로 된 드라마는 아니고. 셀프 카메라로 내 분량을 집에서 찍으면 알아서 편집자가 다른 배우들을 교차 편집해 이야기를 만들어나가는 거지. 배경은 상관없이 거의 얼굴 클로즈업만으로."

"대단하네. 어떤 의미에선, 넌 이미 이 상황에 배우

로서 적응을 하고 있구나."

"적응Adapt? 하하, 적응한 건진 모르겠고, 난 그냥 지금 이 상황을 살아내고survive 있는 중인 거 같아."

어깨를 으쓱하며 이마에 내려온 곱슬머리를 쓱, 올리는 T에게서는 그에게 벌어진 일련의 작품 취소, 무기한 연기 등과 같은 절망적인 상황에 대한 어떤 아쉬움이나 무기력함이 느껴지지 않았다. "그냥 일단 살아보는 거지 뭐"라고 말하는 그에게서 느껴지는 그 담대한 여유로움. 거만함도 자아도취도 아닌, 그저 지금 주어진 환경에서 내 삶을 내 자신으로 살아가는 것에 대한 적당한 평온함. 따지고 보면, 난 아직 촬영 분량이 남아 있으니 아직은 백수가 아니다. 단지 곧 백수가 될 나의 미래를 미리 걱정하는 중이다. 반대로, T는 현재 백수인데, 백수가 아닐 자신의 미래를 확신하는 듯, 여유롭게 웃고 있다. 경기에 나가기 전 몸을 푸는 운동선수의 미세한 긴장감과 기대감이 그의 두 눈동자에서 느껴진다. 바깥에선 지금이라도 쓰나미가 몰려올 듯한 날씨가 계속되고, 전염병 때문에 줄줄이 일들이 취소됐다면서, 저런 아드레날린은 어디서

솟구쳐 나오는 걸까? ……요가를 해서 그런가? 나는
그에게 묻는다.

"하지만 좀 불안하지 않아? 이 상황이 언제까지 계
속될지도 모르고."

"불안? 오, 문! 제발!"

T가 양손을 들며 손사래를 친다.

"우린 바이러스가 창궐하기 전에도 어느 시대에도,
어느 세상에서도 불안했어. 왜냐면 젠장, 우린 배우잖
아! 우린 작품이 없을 땐 항상 백수였잖아!"

"……그건 그렇네."

T의 말에 나도 모르게 김빠지는 웃음이 나온다. 그
런데 어딘지 안도감이 든다. 그래, 맞아. 이 직업은 항
상 불안을 안고 헤쳐나가야 하는 직업이었어. 언제든
백수가 될 수 있고, 한 치 앞을 예측할 수 없어서 여름
휴가를 연초에 잡아놓는 일 따위 허락되지 않는 삶.
회사원 친구들이 연말 계획을 물으면, '글쎄, 나도 궁
금하네'라고 답할 수밖에 없던 삶. 배우의 삶이란 한
국이든 인도든 마찬가지구나. T가 목소리를 높인다.

"하지만 달라진 건 있지. 계속 집에만 있으니까 정
말 내 직업에 대해 생각하게 되는 거야. 촬영장이 아

니라, 미팅 장소가 아니라 집에만 있으니까. 나 자신을 정말 바라보게 된달까. 그러면서 자연스레 다른 배우들은 지금 어떤 생각을 하고 있을까? 어떻게 살고 있을까…… 생각하게 되면서, 네가 떠올랐어."

"고마워, T. 내 생각도 해줘서."

"당연히 네 생각도 하지. 우리 10년 전에 올렸던 베케트 단막극을 난 아직도 가끔 기억해. 그 공연 정말 좋았는데. 넌 정말 훌륭했어."

"너도 최고였어."

우린 잠시 휴대전화 속에 있는 서로를 바라본다. 스크린 너머로 타국에 있는 친구와 재회한 어느 늦봄의 오후. 우린 만나고 있지만 만나지 않았다. 나는 잠시 동안, 이 순간이 내 삶에서 본 적 없는 매우 이질적인 장면인 듯한 위화감을 느낀다. 손바닥에 얹힌 이 작은 휴대전화를 통해, 우리는 시공간을 넘어 오래전 무대 위에서 만났던 한순간을 기억한다. 마치 전생처럼 아득해진 버클리에서의 한 장면이 우리 둘의 대화 속에서 꿈틀, 하고 부활한다.

베케트의 단막극을 공연했던 나와 T의 모습이 보인다. 휠체어에 탄 노인이었던 나와 바이올린을 켜는 시각장애인이었던 T의 만남. 2인극이었던 그 무대 위엔 우리 둘밖에 없었다. 그 어느 때보다도 최선을 다해서 상대방에게 집중하는 그 시간, 연기하는 시간. 나의 목소리와 몸짓에 반응하는 T로 인해, 나의 다음 시선, 다음 스텝이 정해진다. 연기는 나 혼자 하는 게 아니라, 주고받음이구나. 그런 배움을 매 순간 피부로 흡수했던 그때, 그 시절의 우리.

우린 잠시 과거의 그 시간을 서로의 눈으로 확인한다. 10년 전에도 그렇고, 지금도 그렇고, 우린 최선을 다하고 있다. 그러니 두려울 것 없어.

"반가웠어, T. 그래도 팬데믹 덕분에, 이렇게라도 만나서 얼마나 좋아."

"그러게. 우리 언젠가, 꼭 또 같은 무대에 서야 돼, 문."

"당연하지. 언젠가 꼭."

너댓 번의 'Bye'가 오고 간 후에야 빨간 종료 버튼을 누른다. 잠시 T의 마지막 눈웃음이 화면에 정지된 상태로 떠 있다.

그리고 암전.

T는 나에게 질문지를 보내겠다고 했다. 한국에서 활동하는 여성 배우의 삶에 대해 진솔하게 답변해달라고 했다. "혹시 질문이 불편하면 스킵해도 돼, 아니, 그냥 답하고 싶은 질문만 답해도 돼. 너희 집에서 편안한 차림으로 카메라든 휴대전화든 앞에 두고 촬영하면 돼. 각자의 배우가 각자의 집에서 자신의 직업에 대해 카메라를 보고 말하는 거지. 그걸 다 모아서 함께 보면, 재밌을 것 같지 않아?"

이틀 후, T에게서 이메일이 도착했다. 그가 작성한 질문지가 파일로 첨부되어 있다.

'questions.pdf.'

모든 창작은 어떤 질문에서 시작되지 않나. 문득, 그런 생각이 든다. 어쩌면 나와 T는 이미 우리가 설 다음 무대를 향한 준비 운동을 시작한 것일지도 모른다. 나는 조금 느리더라도, 그가 나에게 던진 질문에 정성껏 답해나가고자 한다. 더블 클릭해본다.

Question 1.

What do you feel about the term actress as

compared to actor? 배우라는 호칭과 비교했을 때, 여배우라는 호칭에 대해 어떻게 생각하나요?

나는 잠시 컴퓨터 화면 위에 떠 있는 알파벳 글자를 응시한다. 나도 모르게 피식, 웃음이 새어 나온다.

좋은 인터뷰어를 만난 것 같다.

○

T는 각국에 있는 배우 친구들의 인터뷰 영상들을 모아 다큐멘터리를 만들고 싶다고 했다. 만약 내가 동의한다면 함께 출연해주면 좋을 것 같다고 했다. 그러나 하나의 작품으로 완성시키려면 제작비와 프로듀서, 배급사가 필요하니 그런 재정적인 문제가 해결이 되고 난 다음에 실질적으로 이 질문들에 대한 해답을 '촬영'해달라고 당부했다. 그러니까 이 질문지는, 아직 개발 중(work in progress)인 우리의 미래 작품의 시나리오 초고인 셈이다.

연극을 보러 온 당신에게

연극 〈사랑이 불탄다〉(2014)를 마치고 한참이 지난 후에야 깨닫게 된 것이 있습니다.

몇 주 동안 저는 연극이 끝난 뒤 후유증처럼, 무대 위의 미숙한 제 모습이 무한히 반복되는 꿈을 꾸었어요. 많은 '이불킥'의 아침을 맞이했지요. 그러던 어느 순간, 이런 생각이 드는 거예요. 잠깐. 나는 여태껏 '나'에 대한, '나'를 둘러싼 성과들에만 집중해왔구나. 매 공연 오로지 내 연기에 대한 모니터링에만 급급했구나. 시간이 흘러 이제야 객관적으로 공연을 돌이켜볼 수 있게 된 걸까요. 실은 하나의 연극을 무대에 올리고 사람들이 보러 온다는 건 '나'만 생각해서는 안 될, 어마어마한 일이더라고요.

저희 연극이 비로소 '공연'이라고 불릴 수 있는 이유는 보러 와주신 관객들이 있기 때문이잖아요. 아무리 내 욕심에 차는 연기를 해도 보는 관객이 한 사람도 없다면 그건 연습실에서 배우들끼리 하는 리허설과 다름없겠죠. 그동안 공연을 올리면서, 이것을 자각하기까지 왜 이렇게 오랜 시간이 걸린 걸까요. 기라성 같은 선배님들께서 무대 위에서든 술자리에서든, 매번 던져주시던 말씀이었는데 말이죠.

"공연의 주인은 출연자가 아니다. 관객이다."

연극 공연, 영화, 전시 등 어떠한 형태의 예술 작품을 본다는 것은 생각보다 많은 시간과 노력을 요합니다. 특정 공연을 보러 오는 관객들의 하루는 그 공연의 시작 시간에 맞추어 조금 더 분주해질 수밖에 없겠죠. 예를 들어 한성대입구역 근처의 소극장에서 8시 정각에 시작하는 저희 공연을 보기 위해서는, 적어도 7시 45분까지 매표소 앞에 도착해야 하니까요. 주중이라면 퇴근길 지옥철을 견디고, 극장 근처 편의점에서 삼각 김밥으로 끼니를 때워야 했을지도 모릅니다. 해 질 녘 삼선교에 도착해 티켓을 끊고, 같이 보기로 한 친구가 헐레벌떡 뛰어오면 함께 입장한 뒤, 지하 소극장의 좁은 객석에 걸터앉아, 조금 산만해진 정신을 가다듬어야 했을 겁니다. '후우.' 본인도 모르게 깊은 한숨이 새어 나왔을 수도 있습니다. 그러다 아차, 생각이 납니다. 공연 중 '까톡!' 소리가 나면 민폐니까, 진동 모드, 아니 무음 모드로 바꾸는데…….

"공연 중에는 휴대전화나 전자 기기의 전원을 꺼주시기 바랍니다"라는 안내 방송을 듣고 모르는 척하기엔 공연장이 너무나 작은 나머지, 결국 전원 버튼을 꾸욱 누르겠지요. 이때, 객석 등이 서서히 어두워지고, 무대 위 푸른 조명이 페이드인됩니다. 휴대전화의 전원을 끄듯, 나의 잡다한 생각도 잠시 꺼둡니다. 아니, 꺼두고자 노력합니다. 공연이 시작됩니다. 무대 위로 온 신경을 집중해봅니다. 꽤 길었을 90분의 공연이 끝나면 휴대전화의 전원을 켜고, 함께 공연을 본 친구와 막걸리 한잔 마실 시간을 계산하여 막차 시간을 확인합니다. 꼿꼿이 세웠던 목과 등을 펴고, 삐걱거리는 지하 극장의 나무 계단을 오르면, 이미 어둑해진 삼선교의 봄밤이 당신을 맞이했겠지요.

맞아요. 연극을 본다는 행위는 생각보다 수고스럽습니다. 90분의 공연을 관람하는 일정은 관객 한 사람 한 사람의 저녁, 반나절, 하루의 일정에 큰 영향을 줄 수밖에 없습니다. 공연이 실망스러웠을 수도, 혹은 나름대로 재밌었을 수도 있습니다. 자리가 불편한 데다가 대사마저 안 들렸을 수도 있고, 기대 이상으로 감동적인 부분이 있었을 수도 있습니다. 그러나 관객이 할애한 시간과 수고만큼 제가 공연으로 보답했을지 생각해보면…… 알 수 없습니다. 부끄럽지만, 앞으로 만날 수많은 관객의 시간과 노력에 매번 보답을 할 수 없을지도 모를 일입니다.

〈사랑이 불탄다〉 공연을 돌이켜보며, 퍼포먼스의 평가와는 별개로 명확하게 얻은 것이 있다면 바로 그것이었습니다. 관객의 입장이 되어보는 것. 공연을 보러 온 관객들은 공연을 보는 동안, 나를 위해 '관객'이라는 역할을 열심히 수행해주고 있다는 것. 그것이 연극 공연이 성립될 필요충분조건이라는 것.

그렇다면 무대 위에 서 있는 배우로서, 내가 하는 연기가, 우리가 만든 공연이, 관객과 조금이라도 소통을 해야 하지 않을까요. 아주 미미하더라도 어떤 방식으로든 관객에게 닿아야 하지 않을까요. 매번 빛나진 못할지라도, 존재의 이유가 있는 배우가 되고 싶으니까요. 그런 의미에서 연극 〈사랑이 불탄다〉는 저의 오래된 질문에 작은 힌트를 던져준 공연이 되었습니다. 그 누구를 향한 질문도 아닌, 나를 향한 질문.

왜 나는 연기를 하는가. 왜 사람들은 연극을 만들고 영화를 만드는가.

기가 막힌 공연을 두 달 동안 매일 올린다고 해서, 우리가 물리적으로 조금 더 나은 세상을 만들 순 없습니다. 우린 지구 반대편에서 일어나고 있는 전쟁도 멈출 수 없고, 사람들이 마음대로 사랑하도록 법을 바꿀 수도 없으며, 북극곰을 위해 구멍 뚫린 오존층을 메꿀 수도 없는걸요. 물론, 우리가 최선을 다해 만든 정말 좋은 공연이 굶주린 사람들에게 일시적인 포만감을 안겨줄 수 있을지도 모릅니다. 하지만 두 시간짜리 공연은 그들의 육신에 아무런 보탬이 될 수 없습니다. 두 시간이 지나면 그 어디에도 흔적을 남기지 않고 허공으로 사라져버리는 연극. 매일 밤, 두 시간씩, 행해지는 공연. 매일 밤 다른 관객, 그러므로 매일 밤 다른 공연.

우리가 할 수 있는 일은, 그 매일 밤 다른 관객 한 분 한 분의 마음속에, 점 하나만큼의 흔적이라도 남기는 것입니다.

예술가라면 어떤 방식으로든 누군가의 가슴에 점을 찍어야 합니다. 미미하고 희미할 수 있으나 색깔 혹은 말, 소리 혹은 촉감으로라도 점이 되어 오랜 세월 동안 머물 수 있어야 합니다. 그다음 무대에서도, 혹은 영화나 뮤지컬 같은 또 다른 형태의 예술로도, 관객의 마음에 점을 찍을 수 있어야 합니다. 이렇게 작게나마 점을 찍다 보면, 언젠가는 점들이 모여서 선이 되겠지요. 그리고 그 선들이 그린 지도가 언젠가는, 당신이 기억할 저의 얼굴이 되지 않을까요. 먼 훗날 완성될, 한 예술가의 초상이 되지 않을까요.

아직 저의 점과 선이 무언가를 바꿀 수 있다고 확신할 수 없습니다. 하지만 그저 연기하는 게 좋아서 처음 무대에 올랐던 스무 살의 마음가짐과 지금의 마음가짐은 다릅니다. 그리고 이것이 맞다고 생각합니다. 지금은 보이지 않는 선을 위해서, 지금은 긋지 못했어도 언젠가는 그어질 수 있는 선이 되기 위해서, 그 선으로 한 사람의 삶에 작은 얼굴 하나 남길 수 있는 배우가, 예술가가 되기 위해서 정진해야 한다는 것. 배우라는 일에 가슴으로 뜨겁게 덤비고, 덤비는 타깃이 그저 나의 발전이 아니라 타자, 관객, 당신이어야 한다는 것.

존재의 이유가 있는 연기자가 되는 것, 그건 바로 나의 존재가 아닌 타인의 존재로서 완성되는 것이 아닐까요. 바로, 저를 보러 온 당신의 존재로요.

몇 글자 써봐야지 하고 시작했더니, 봇물처럼 터져 나왔네요. 결론은, 앞으로도 잘하겠습니다. 연극을 보러 와주신 당신에게, 그리고 앞으로 보러 와주실 당신에게, 감사의 말씀 전합니다.

그럼 우리 다시 만날 때까지, 안녕히.

○

2014년에 썼던 글로 이 책의 마지막 인사를 전합니다. 그로부터 저와 당신 사이의 점이 모여서 선이 되었을까요?
지금쯤, 그 선이 제 얼굴의 왼쪽 눈썹 정도 완성했길 바라며.

기적일지도 몰라

ⓒ 최희서, 2022

초판 1쇄 발행 2022년 6월 15일
초판 2쇄 발행 2022년 7월 7일

지은이 최희서

펴낸곳 (주)안온북스   펴낸이 서효인·이정미   출판등록 2021년 1월 5일
제2021-000003호   주소 서울시 마포구 월드컵로14길 28 301호
전화 02-6941-1586(7)   홈페이지 www.anonbooks.net
인스타그램 @anonbooks_publishing
디자인 오혜진   제작 제이오

ISBN 979-11-978730-1-0 03810